Edgar
Rice
Burroughs

TARZAN

und der goldene Löwe

(Titel des amerikanischen Originals:
»Tarzan and the goldenen lion«)

Deutsch von Leni Sobez

Williams Verlag

Umschlaggestaltung: Wolfgang Baum, München
Satz & Typographie: Officina, Berlin
Druck- und Bindearbeiten: Schneider-Druck - Verden
Printed in Germany

1

Sabor, die Löwin, gähnte faul, während sie ihr Junges säugte. Sie sonnte sich vor dem Eingang der felsigen Höhle, die zur Zeit ihr Lagerplatz war. Bequem ausgestreckt lag sie auf der Seite – ihre Sinne aber waren hellwach. Das kleine flaumige Bällchen, das energisch an ihren Zitzen sog, war das einzige Überlebende aus einem Wurf von drei Jungen. Die Jagdbeute war gering gewesen in diesem Sommer, und obwohl Numa, der Löwe, seiner Vaterpflicht gehorchend, eifrig umhergestreift war, hatte es nicht gereicht, die Kleinen durchzubringen. Sabor war die Milch ausgegangen. Nach einem nächtlichen Regenschauer waren die beiden weiblichen Löwenbabys an Unterkühlung und Nahrungsmangel gestorben. Sabor hatte, vom Instinkt getrieben, immer wieder versucht, sie durch kleine Stupser aus dem langen Schlaf, den sie nicht begreifen konnte, aufzuwecken. Aber die kleinen Schnauzen waren kalt geblieben. Sabor trauerte um sie; dann jedoch hatte sie sich mit doppelter Aufmerksamkeit und Sorgfalt darauf konzentriert, ihren kleinen Sohn am Leben zu erhalten. Und bis jetzt war ihr dies mit Hilfe Numas auch gelungen.

Vor zwei Tagen hatte er seine letzte Beute heimgeschleppt. Das hatte den quälenden Hunger gestillt und wieder ein wenig Milch in die ausgedörrten Zitzen gebracht. Anschließend war Numa sofort wieder losgezogen und seither nicht zurückgekehrt. Sabor war allein mit ihrem Sprößling.

Während sie, erneut von Hungergefühlen geplagt und beunruhigt über die lange Abwesenheit Numas, zur Untätigkeit verurteilt vor sich hindöste, kreisten ihre Überlegungen immer nur um ein Thema: Nahrung. Was würde ihr jagderprobter Gefährte diesmal mit starken Fängen durch den Dschungel zerren, um es ihr schließlich zu Füßen zu legen? Swami, den feisten Antilopenbock, oder Pacco, das Zebra mit dem saftigen, würzigen Fleisch. Der Gedanke an die zu erwartenden Leckerbissen ließ ihr das Wasser im Maul zusammenlaufen.

Aber was war das? Ein kaum hörbares Geräusch war an ihr immer wachsames Ohr gedrungen. Sie prüfte den leichten Luftzug, der auf sie zukam, mit sensibler Nase. Sie wandte den Kopf in die Richtung, aus der das Geräusch gekommen war. Die Witterung wurde stärker, die verdächtigen Laute nahmen zu. Sabor erhob sich und brachte das wimmernde Junge mit einem tiefen, ärgerlichen Schnaubton zum Schweigen. Gefahr war im Anzug! Auch das Kleine stellte sich vorsichtig auf die noch etwas wackeligen Beine – und witterte den Geruch des Menschen. Ein fremder Geruch, der noch nie zuvor den Weg in seine Nüstern gefunden hatte und trotzdem ein Geruch, den es sofort als den eines Feindes erkannte. Hilfesuchend blickte es zu seiner Mutter auf.

Diese begann, schnell und gewandt auf das dichte Unterholz des Dschungels zuzuschleichen. Der kleine Löwe kam mit tapsigen Schritten hinter ihr her.

Durch das Dschungeldickicht, das ihre Behausung in einem Umkreis von etwa hundert Metern umgab, hatte die Löwenfamilie bis zur nächsten großen Lichtung einen tunnelartigen Schleichpfad angelegt. Auf diesem Weg bewegte sich Sabor nun mit größter Vorsicht voran. Als sie die Lichtung erreichte, erblickte sie den Störenfried. Ihre instinktiven Regungen waren Furcht und Haß. Sie mußte sich für eine der beiden entscheiden.

Normalerweise hätte sie einen Menschen unbehelligt seines Weges ziehen lassen, aber heute war sie nervös, ängstlich und dadurch unberechenbar gefährlich. Sie zögerte keinen Augenblick und griff ohne Warnung an.

Der einsame schwarze Jäger auf der Lichtung war von dem schreckenerregenden Anblick der todeswütigen Riesenkatze, die pfeilschnell auf ihn zujagte, wie gelähmt. Doch hätte es eine Fluchtmöglichkeit gegeben, so wäre er geflohen. Die Bestie hatte ihn fast erreicht. Es gab nur eine Möglichkeit der Verteidigung: Den schweren Speer, den er mit sich führte. In dem Augenblick, wo die Löwin zum Sprung ansetzte, holte er zum Wurf aus.

Der Speer drang durch das Herz des Raubtieres. Doch auch Sabor hatte ihr Ziel erreicht. Ihre riesigen Kiefer schlossen sich über Gesicht und Schädel des tapferen Kriegers.

Durch das Gewicht und die Geschwindigkeit der Löwin wurden beide ein gutes Stück durch die Luft geschleudert. Als sie gleichzeitig auf dem Boden aufschlugen, waren sie bereits tot. Letzte, krampfartige Zuckungen vereinten Mensch und Tier in einer makabren Umarmung.

Das Junge hatte reglos in einiger Entfernung von den Kämpfenden verharrt und blickte jetzt unverwandt auf den Ort des grausigen

und unbegreiflichen Geschehens. Es fing an, jämmerlich zu winseln, in einem Ton, der seine Mutter früher unfehlbar aufgeschreckt hatte. Aber diesmal kam sie nicht – sie hob nicht einmal den Kopf, um ihn anzublicken.
Es zwang sich, den abstoßenden Geruch des Menschen zu ignorieren, und kroch näher an die Mutter heran. Sie rührte sich nicht. Langsam schien der kleine Knirps zu begreifen, daß etwas passiert sein mußte; daß seiner großen, bewunderten Mutter etwas Ernsthaftes, Unwiderrufliches zugestoßen war.
Hilflos klammerte es sich an ihr fest und wimmerte so lange, bis er vor Erschöpfung einschlief, den unruhig atmenden kleinen Körper eng an den riesigen Leichnam geschmiegt.

In dieser Stellung fand Tarzan das Löwenjunge.
Er, seine Frau Jane, ihr Sohn Korak, der Töter, sowie die zugelaufene Hündin Za kehrten gerade von dem geheimnisvollen Land Pal-ul-don zurück, aus dem die beiden Männer Jane befreit hatten.
Als das Löwenkind die vier herannahen hörte, sprang es auf und fauchte sie an.
Der Affenmensch lächelte.
»Mutiges kleines Teufelchen«. sagte er, während blitzartig das vorangegangene Geschehen an seinem inneren Auge vorüberglitt.
Er ging auf den kleinen zischenden Pelzball zu, sicher, daß er die Flucht ergreifen würde.
Jedoch – das kleine Wesen blieb stehen und hieb mit der Tatze nach Tarzans ausgestreckter Hand.
»Was für ein tapferer kleiner Bursche«, rief Jane bewundernd.
»So jung und schon Waise, ein hartes Schicksal!«
»Er wäre bestimmt ein mächtiger Fürst des Dschungels geworden«, pflichtete Korak seiner Mutter bei, »wäre die Löwin am Leben geblieben. Schade, daß er bald sterben wird.«
»Er muß nicht sterben«, stellte Tarzan in seiner knappen Art fest.
»Seine Überlebenschancen sind nicht sehr groß. Er braucht noch einige Monate lang Muttermilch, und wer soll ihm die verschaffen?«
»Ich«, sagte Tarzan.
»Willst du ihn vielleicht adoptieren?«
Tarzan nickte.
Korak und Jane lachten.
»Eine großartige Idee«, bemerkte der erstere.

Das kleine gelbe Bündel ließ sich von Tarzan widerstandslos am Nacken fassen.

»Lord Greystoke als Ziehmutter eines verwaisten Löwenkindes«, lachte Jane.
Tarzan fiel in ihr Lachen ein.
»Nun denn«, sagte er, »vielleicht wird Za, die Hündin, in der Lage sein, mir den biologischen Teil der Aufgabe abzunehmen. Wie mir scheint, sind ihre Muttertriebe nicht weniger ausgeprägt als meine.«
Za bellte zustimmend und beschnupperte das kleine gelbe Bündel wohlwollend.
Der kleine Löwe ließ es sich widerstandslos gefallen.
Er wehrte sich auch nicht, als Tarzan ihn plötzlich am Nacken packte und begann, in einem tiefen, beruhigenden Tonfall auf ihn einzureden. Mit der anderen Hand strich er ihm sanft über das ängstlich gesträubte Rückenfell.
Was Tarzan sagte, ist nicht überliefert. Doch der junge Löwe muß ihn verstanden haben, denn er nahm Tarzans Hand und drückte sie an seinen kleinen Brustkorb.
»Wie hast du das nur wieder geschafft?« fragte Jane.
Tarzan zuckte mit seinen athletischen Schultern. »Ich bin halt ein wildes Tier, wie diese Bestie auch, daran ändern weder englische Tischsitten noch ein Adelstitel etwas. Sogar dieser kleine Bursche hier scheint das zu fühlen.«
»Es gibt eben nur einen Tarzan«, sagte Lady Greystoke lächelnd, während sie ihren Gatten liebevoll ansah.

2

So kamen also Tarzan, Jane und Korak nach langer Abwesenheit wieder heim und brachten Jad-bal-ja, den goldenen Löwen, und Za, die Hündin, mit.
Der erste, dem sie begegneten, war der alte Muviro, dessen Sohn Wasimbu bei der Verteidigung von Tarzans Farm ums Leben gekommen war.
»Tarzan!« rief der treue Freund, »bei deinem Anblick werde ich wieder zum Jüngling, der ich vor langer Zeit war! Wo in aller Welt bist du gewesen? Viele tapfere Krieger der Waziri zweifelten schon daran, daß du jemals wiederkommen würdest. Daß aber auch Lady Jane wieder da ist, die wir alle für tot hielten, grenzt an ein Wunder. Jetzt wird in den Hütten der Waziri doppelte Freude herrschen. Der Tanz der Krieger wird die Erde erzittern lassen, die Freudenschreie der Frauen werden den Himmel erfüllen und Maisbier wird in Strömen fließen, da unsere drei besten Freunde endlich zurückgekommen sind.«
Die Begeisterung der Waziri kannte in der Tat keine Grenzen. Nächtelang tobten sie ausgelassen um die Lagerfeuer, ohne daß ein Ende der Festlichkeiten abzusehen war. Zum Schluß mußte Tarzan dem Treiben Einhalt gebieten, da kein Mensch bei dem Höllenlärm ein Auge zubrachte.
Als ein paar Tage später Jervis, der englische Verwalter, von Nairobi zurückkam, war die Ruhe des Alltags wieder auf Tarzans Farm eingekehrt.
An den Abenden saßen die Männer auf der Veranda des großen Bwana, der von dem seltsamen Land Pal-ul-don und den Abenteuern, die die drei dort erlebt hatten, erzählte. Am meisten Verwunderung aber erregten die eigenartigen Haustiere, die der Affenmensch mitgebracht hatte: Za, die Hündin, und das Löwenbaby. Es wollte den guten Waziris und auch Jervis nicht in den Kopf, daß Tarzan ausgerechnet einen Abkömmling Numas und Sabors, seiner erklärten Erbfeinde, gewissermaßen adoptiert hatte.
Und fast noch unbegreiflicher erschien den Männern die Art und Weise, wie Tarzan das junge Tier erzog.
Der goldene Löwe und seine Pflegemutter, die Hündin, hatten eine Ecke in Tarzans Schlafraum zugewiesen bekommen. Und

Tarzan, der die Spielstunden bald durch ernsthaftere Übungen ersetzte, versuchte Jad-bal-ja systematisch alles Notwendige beizubringen.

auch tagsüber beschäftigte dieser sich stundenlang mit dem kleinen gelben Wollknäuel, das er zunächst frei herumtollen ließ, wie es seinen Bedürfnissen entsprach.
Etliche Zeit verging, und der Junglöwe wuchs heran. Tarzan, der die Spielstunden bald durch ernsthaftere Übungen ersetzte, versuchte ihm systematisch alles Notwendige beizubringen: Er lehrte ihn bei Fuß zu gehen, Spuren zu suchen, Gegenstände zu apportieren und auf sein kaum hörbares Kommando hin bewegungslos zu verharren.
Auch die tägliche Fütterung erfolgte nach strengen Regeln und rief sogar bei den abgebrühten Wazirikriegern immer wieder Staunen hervor. Tarzan hatte nämlich eine Strohpuppe gebastelt, an deren Kehle er die für Jad-bal-ja bestimmten Fleischbrocken befestige. Auf einen Fingerzeig seines Herrn duckte sich der junge Löwe zu Boden und wartete geduldig auf das geflüsterte Kommando: »Faß!« Nur auf dieses Wort hin wagte er es, sich auf sein Futter zu stürzen.
Doch damit war die Dressur noch nicht beendet. Nach einigen Wochen intensiver Arbeit konnte Jad-bal-ja bereits die Strohpuppe apportieren, ohne die baumelnden Fleischbrocken auch nur eines Blickes aus den gelben Raubtieraugen zu würdigen.
Jane und Korak, die manchmal den Übungsstunden als interessierte Zaungäste beiwohnten, waren sich über die Absichten Tarzans weder einig noch im klaren.
»Was um Himmels willen soll aus dieser Bestie werden, wenn sie erst einmal ausgewachsen ist?« fragte Jane eines Tages besorgt. »Glaubst du nicht auch, daß Jad-bal-ja sich später seine Beute genauso selbstverständlich unter unseren Eingeborenen holt wie jetzt von der Kehle der Strohpuppe?«
»Nein«, sagte Tarzan.
»Und wie willst du das verhindern?«
»Ich habe meine eigenen Theorien, und der goldene Löwe wird sie beweisen«, erwiderte Tarzan und fuhr fort: »Ich glaube ohnehin, daß allmählich der Zeitpunkt für das entscheidende Experiment gekommen ist. Wir werden heute nachmittag einen Jagdausflug machen und Jad-bal-ja mitnehmen. Es gibt Wild in Mengen, und wir werden unschwer prüfen können, wie weit meine Kontrolle über ihn geht.«
»Nichts gegen deine Theorien, Daddy«, bemerkte Korak lächelnd,

»aber ich wette trotzdem 100 Pfund, daß unser kleiner Liebling ganz unvermittelt zu seiner natürlichen Praxis übergehen wird, sobald er frisches Blut gerochen hat.«
»Warten wir ab«, lautete Tarzans selbstsicherer Kommentar.
»Tarzan, der Welt größter Tierbändiger«, platzte Jane übermütig heraus, worauf alle herzlich lachen mußten.
Am selben Nachmittag brachen sie zusammen auf. Jad-bal-ja hielt sich dicht hinter Tarzans Pferd. Bei einer kleinen Baumgruppe stiegen die Reiter ab. Vorsichtig bewegten sie sich auf eine Niederung zu, in der man meist Antilopen antraf. Schon aus einiger Entfernung konnten sie die kleine Herde erblicken, die ahnungslos und friedlich graste. Tarzan deutete auf einen alten Antilopenbock, der sich ein wenig von der Herde entfernt hatte, und gab Jad-bal-ja ein geheimnisvolles Zeichen.
»Hol ihn«, flüsterte er, und der goldene Löwe knurrte zum Zeichen des Einverständnisses ebenso leise zurück.
Unhörbar schlich er durch den Busch. Die Antilopen ästen immer noch ahnungslos weiter. Die Entfernung, die den Löwen von der Beute trennte, war noch zu groß für einen sicheren Sprung. Jad-bal-ja verbarg sich im Busch und wartete geduldig, bis sich der Antilopenbock näher zu ihm hin bewegte. Endlich war es soweit. Ein kurzes Auftippen mit dem Schwanz – dann schnellte die Raubkatze wie ein gelber Blitz auf das Opfer zu und schlug die gewaltigen Fänge in den Nacken des alten Bocks. Er war sofort tot. Der Rest der Herde flüchtete in panischer Angst. Der goldene Löwe hatte seine erste Beute gemacht.
»Jetzt wird die Sache interessant!« sagte Korak.
»Er wird den Bock zu mir bringen«, behauptete Tarzan zuversichtlich.
Der goldene Löwe verharrte einen Augenblick auf dem Kadaver und knurrte triumphierend. Dann packte er den Antilopenbock und schleppte ihn über den Boden, bis er bei Tarzan angekommen war. Dort ließ er seine Last zu dessen Füßen niederfallen. Er selbst blieb stehen und schaute beifallheischend zu seinem Herrn auf. Tarzan streichelte ihn, lobte ihn mit leiser Stimme und griff dann zu seinem Jagdmesser. Mit einer raschen Bewegung durchschnitt er die Kehle des toten Tieres und ließ das warme Blut herausrinnen.
Jane und Korak standen regungslos und beobachteten gespannt

die Reaktion des Löwen. Der schnüffelte und raunzte und musterte die drei mit wachen Augen. Als Tarzan ihn mit der Hand zur Seite schob, knurrte er erbost und schnappte nach ihm.
Tarzans Gegenschlag kam so überraschend, daß der Löwe auf den Rücken fiel und einige Sekunden lang hilflos dalag. Dann aber war er blitzschnell wieder auf den Beinen, und die beiden standen sich von Angesicht zu Angesicht gegenüber.
»Bei Fuß«, kommandierte der Affenmensch. »Leg dich, Jad-bal-ja!« Seine Stimme klang leise, aber eindringlich. Der Löwe zögerte kurz, dann aber legte er sich folgsam zu Füßen seines Herrn. Tarzan drehte sich um und warf den Antilopenbock über seine Schulter.
»Komm«, sagte er zu Jad-bal-ja, und ohne einen weiteren Blick auf das Raubtier zu werfen, machte er sich auf den Weg zu den Pferden.
»Ich hätte es wissen müssen«, sagte Korak und lachte. »Dann wäre ich jetzt nicht um hundert Pfund ärmer.«
»Natürlich hättest du es wissen können«, sagte seine Mutter.

3

Eine sehr attraktive, jedoch etwas aufgeputzte junge Dame nahm in einem Londoner Etablissement einen Imbiß zu sich. Bemerkenswert war ihre Erscheinung nicht so sehr wegen ihrer makellosen Figur und ihres herb-hübschen Gesichtes, sondern auffallend waren Größe und Aussehen ihres Begleiters, eines Mittzwanzigers mit guten, aber etwas ungeschlachten Proportionen und einem derart gewaltigen Bart, daß es schien, als schaue er hinter einem Busch hervor. Breite Schultern, ein Brustkorb wie ein Panzerschrank und schmale Hüften. Alles an ihm verriet den durchtrainierten Athleten.
»Glaub mir«, sagte er zu seiner Begleiterin, »ich verstehe nicht, wozu wir die anderen überhaupt brauchen. Warum sollen wir durch sechs teilen, was uns beiden, je zur Hälfte, so überaus gut anstehen würde?«
»Weil wir zu unserem Plan Geld brauchen«, erwiderte sie, »und wir haben keinen Penny. Aber die anderen haben es und steuern es bei – zu meinem Plan und deinen Fähigkeiten. Sie haben zwei Jahre, zwei volle Jahre nach dir gesucht, oder vielmehr nach jemand, der so aussieht wie du. Wenn du sie jetzt hintergehst, möchte ich nicht in deiner Haut stecken.«
»Flora! Ich bin todsicher, daß wir mehr verdienen können, als sie uns geben wollen. Du bringst schließlich deine Kenntnisse und einen großartigen Plan mit, und ich übernehme das gesamte Risiko. Ein Sechstel! Das ist ein lumpiges Almosen für das, was wir leisten!«
»Du kannst ja mit ihnen darüber reden. Aber wenn du mich fragst, Esteban, so bin ich mehr als zufrieden mit meinem Sechstel, und wenn die Sache einigermaßen klappt – und das liegt jetzt nur an dir –, dann wird dieses Sechstel genug sein, um jedem von uns ein sehr angenehmes Leben zu ermöglichen.«
Esteban schien nicht überzeugt, und Flora nahm sich vor, ihn in der nächsten Zeit schärfer als sonst zu beobachten. Eigentlich kannte sie ihn nur sehr flüchtig. Persönlich hatte sie ihn erst wenige Male gesehen, nachdem sie ihn auf der Leinwand eines Londoner Kinos entdeckt hatte, wo er in einem Monumentalschinken einen römischen Legionär mimte.
Seine heroische Größe und titanische Muskulatur hatten genügt,

daß sie in ihm sofort die Idealbesetzung einer etwas andersgearteten Rolle gesehen hatte. Seinen Namen und Wohnort ausfindig zu machen, war das Werk einer Woche. Daß er Spanier war und augenscheinlich aus guter Familie stammte, war klar, und daß er in Geldsachen ausgesprochen skrupellos war, schloß Flora Hawkes aus der Art und Weise, wie er damals sofort ihren recht lichtscheuen Plänen zugestimmt hatte. Deshalb war sie auch fest entschlossen, mit allen Mitteln zu versuchen, den geheimen Schlüssel zu ihrem Plan, den sie bis jetzt nicht preisgegeben hatte, auch weiterhin für sich zu behalten, um einen Verrat von seiner Seite unter allen Umständen zu verhindern.

Einen Augenblick lang saß sie schweigend da und spielte mit dem leeren Glas vor sich. Als sie plötzlich aufschaute, traf sie ein unzweideutiger Blick.

»Du weißt, daß du alles bei mir erreichen kannst, Flora«, sagte er, »denn wenn ich mit dir zusammen bin, vergesse ich alles Gold dieser Erde und denke nur an jene andere Belohnung, die du mir – noch – beständig verweigerst!«

»Liebe und Geschäft hält man besser auseinander«, erwiderte das Mädchen kühl. »Warte, bis du deine Aufgabe mit Erfolg durchgeführt hast, dann werden wir weitersehen.«

»Du liebst mich nicht«, flüsterte er heiser. »ich weiß es ... ich habe gesehen, wie du neulich einem von ihnen die Hand gegeben hast. Sie lieben dich allesamt! Wenn ich glauben müßte, daß du einen von ihnen wirklich liebst, könnte ich mir das blutende Herz aus dem Leib reißen. Wenn ich schon sehe, wie lüstern Peebles dich immer anstarrt oder wie eng du dich beim Tanzen an Dick Throck schmiegst. Und Bluber und Kraski – die beiden Schurken sind auch nicht besser. Und der Russe ist vielleicht der Schlimmste; wenn er eine seiner Reden schwingt, hängst du mit lammfrommen Blicken an seiner schönen Larve!«

Leichte Schamröte, ein Zeichen des Ärgers und der Verletztheit stieg in Floras nur zart gepudertes Gesicht. Mit einer abrupten Geste brachte sie ihren Begleiter zum Schweigen.

»Was geht es Sie an, Señor Miranda, wen ich mir zum Freund wähle und wen nicht und wie mich meine Freunde behandeln? Ich hoffe, Sie begreifen endlich, daß ich diese Männer bereits seit Jahren kenne, während Sie erst vor einigen Wochen in unseren Zirkel geschneit sind!«

»Es ist, wie ich befürchtet habe«, rief Esteban in höchster Erregung. »Sie lieben ein von ihnen!« Mit zitternden Fingern raufte er sich sein pechschwarzes Haar. Flora, die bemerkte, daß er offensichtlich die Vernunft verloren hatte, sah jetzt ein, daß man den Rasenden beruhigen mußte.

»Aber Esteban«, flüsterte sie sanft, »du regst dich über Nichtigkeiten auf. Ich habe nie behauptet, daß ich einen von den anderen liebe, noch habe ich je gesagt, daß ich dich nicht liebe, aber Eifersuchtsszenen dieser Art bin ich einfach nicht gewöhnt. Vielleicht ist das bei deinen spanischen Señoritas so der Brauch, aber ich bin ein englisches Mädchen, und wenn du mich liebst, sag es mir lieber auf ruhige, anständige Weise.«

»Welcher von ihnen ist es?« preßte er zwischen geschlossenen Zähnen hervor.

»Keinen von ihnen liebe ich«, antwortete sie, »und auch dich liebe ich noch nicht. Aber ich könnte mir gut vorstellen, daß es eines Tages geschieht, Esteban, soviel kann ich sagen, auch, daß ich vielleicht niemals einen anderen Mann lieben werde, doch ich werde meine Gefühle so lange unterdrücken, bis wir beide zurückgekehrt sind.«

»Du tätest besser daran, mir das fest zu versprechen«, grollte er. Doch sein Zorn schien einigermaßen besänftigt.

»Pst«, flüsterte sie. »Sie kommen. Es wurde aber auch langsam Zeit.«

Esteban wandte sich um und entdeckte vier sich nähernde Gestalten. Zwei von ihnen waren offensichtlich Engländer; fleischige, vierschrötige Gesellen aus der unteren Mittelklasse, denen ihr früherer Beruf – sie waren beide Preisboxer gewesen – unauslöschliche Zeichen ins Gesicht geschrieben hatte. Der dritte war Adolph Bluber, ein verhutzeltes Männlein mit rotem Mondgesicht. Der vierte war zugleich jüngstes und bestaussehendes Mitglied der Gruppe; seine ebenmäßigen, ja adeligen Gesichtszüge, sein anmutig gewelltes braunes Haar, vor allem aber die vollendet elegante Figur und Gestik verrieten den früheren Ballettänzer. Die allgemeine Begrüßung war kurz, und die Gesellschaft ließ sich am Tisch nieder.

»Bier!« schrie Peebles und schlug mit der Faust ungeduldig auf die Tischplatte, um die Aufmerksamkeit des Kellners auf sich zu lenken. »'ne ganze Runde Bier!«

Nachdem der Kellner das Gewünschte gebracht hatte, trank man auf Floras Wohl und ging ohne weiteres zum Geschäftlichen über.

»Also, Herrschaften«, rief Peebles, wobei er wieder die Tischplatte bearbeitete, »so weit – so schlecht! Alles steht bereit: die Pläne, das Geld und Señor Miranda.«

»Wieviel habt ihr aufgetrieben?« fragte Flora. »Ihr wißt, wir brauchen ziemlich viel.«

»Da sitzt ja unser Kassenwart«, rief Peebles und deutete auf Bluber. »Das runzlige Warzenschwein von einem Deutschen ist der einzige, der dir unsere Aktienkurse verraten kann!«

Bluber lächelte sein öliges, verlorenes Lächeln und rieb die kalkigen Knöchel seiner langen Finger gegeneinander. »Wieviel glauben Sie denn, daß wir haben sollten, Miss Flora?« fragte er schleimig. Ohne Zögern erwiderte sie: »Auf keinen Fall weniger als zweitausend Pfund.«

»Du lieber Gott!« rief Bluber aus. »Das ist viel, viel Geld!«

Das Mädchen machte eine unwillige Geste. »Ich habe euch von Anfang an gesagt, daß ich mit einer Horde hergelaufener Geizkrägen nichts zu tun haben will. Wenn ihr das Geld nicht habt, werdet ihr nie meinen Plan zu Gesicht bekommen, auf dem jener Punkt eingezeichnet ist, wo genug Gold verborgen ist, um diese ganze Insel, auf der wir dahinvegetieren, aufzukaufen!«

»Er hat doch das Geld«, mischte sich Throck, der zweite Engländer, ein. »Ich weiß gar nicht, warum er sich so aufregt!«

»Du lieber Gott!« rief Bluber nochmals, nur etwas matter. »Warum denn mehr Geld ausgeben als unbedingt nötig ist?«

»Möglicherweise hat er das Geld, vielleicht aber auch nicht. Ich möchte es sehen!« befahl Flora majestätisch.

»Kein bißchen Vertrauen mehr auf dieser Welt«, seufzte Throck, und die anderen nickten zustimmend.

»Ihr seid mir die richtigen Gangster«, sagte Flora in das Schweigen hinein. »Aber ich will euch glauben, wenn mir Kraski in die Hand verspricht, daß das Geld zu jedem gewünschten Zeitpunkt zur Verfügung steht.« Esteban Mirandas Augen, jetzt nur noch zwei schmale Schlitze, starrten auf den Russen. Kraski, geschmeichelt, lächelte sein Lächeln, von dem er glaubte, es sei unwiderstehlich.

»Bluber hat das Geld, Flora«, sagte er einfach. »Wir haben zu

gleichen Teilen zusammengelegt. Ich schlage vor, wir machen Bluber zu unserem Lordsiegelbewahrer, denn wir alle wissen, daß er seinen letzten Penny so lange in der Hand umdreht, bis nichts mehr davon übrig ist.« Er fingerte die Karte aus seinem Jacket.
»Wir werden in Zweiergruppen aus London abreisen. Zuerst Bluber und Miranda, dann Peebles und Throck. Zu dem Zeitpunkt, wo Flora und ich an der Küste eintreffen, habt ihr sämtliche Vorbereitungen für unseren Aufbruch ins Landesinnere hinter euch gebracht. Miranda wird sich bis zum letzten, entscheidenden Augenblick hinter seinem Vollbart verstecken. Man hat ihn ja genügend auf seine Rolle vorbereitet.«
»Habe ich Sie richtig verstanden, daß Sie zusammen mit Flora zu reisen gedenken?« fragte der Spanier lauernd.
»Sie haben«, erwiderte der Russe kalt.
Der Spanier stand langsam auf, stützte sich auf die Tischkante und beugte sich drohend über Kraski.
»Auf der Stelle hört ihr mit eurem kindischen Theater auf!« rief Flora, während sie Miranda auf seinen Stuhl herabzog. »Oder ich suche mir geeignetere Partner für meine Transaktion!«
»Jawohl! Hört sofort damit auf, ihr lüsternen Schweine vom Kontinent!« stimmte Peebles mit ein.
»Wie wär's denn, wenn sich die beiden Herren zum Zeichen der Versöhnung die Hand schütteln würden?« fragte jetzt Bluber mahnend und beschwichtigend.
»Das nenn ich ein Wort!« riefen Throck und Peebles im Chor. »Ende der Feindseligkeiten!«
Der Russe, der sich seiner Position innerhalb der Gruppe sicher und Miranda gegenüber deshalb überlegen fühlte, streckte diesem großherzig seine Rechte entgegen. Esteban zögerte.
»Na los, Mann«, ermahnte ihn Throck.
Endlich hellte sich die Miene des Schauspielers auf, seine zusammengeduckte Gestalt entkrampfte sich, er lächelte breit. »Vergeben Sie mir, ich habe heißes Blut, aber ich meine nicht immer, was ich sage. Miß Hawkes hat recht, wir alle müssen eine große Familie sein, sonst erleiden wir Schiffbruch. Hier ist meine Hand.«
»Und nun, da alles wieder in Ordnung ist«, näselte Bluber hocherfreut, »machen wir doch gleich Abfahrts- und Ankunftstermine fest!«

»Carl, einen Füller bitte«, sagte Flora, zu Kraski gewandt; auf der Landkarte brauchte sie nur ein paar Sekunden, bis sie den Punkt X fand. Sie malte einen kleinen Kreis darum herum. »Dies ist der Ort O. Bis wir ihn erreicht haben, werden ich die letzten Direktiven für mich behalten.«

In einer verzweifelten Gefühlsaufwallung warf Bluber die Arme in die Höhe. »Um Gottes willen, Miß Flora, glauben Sie, wir zahlen zweitausend Pfund für die Katze im Sack? Bevor wir einen einzigen Penny ausgeben, müssen wir genau wissen, wo, wofür, wann und für wen!«

»Genau so ist es«, brummte Peebles drohend.

»Gut, wie ihr wollt«, sagte Flora verächtlich und stand auf. »Wenn das eure Meinung ist, blasen wir das Ganze eben ab!«

»Warten Sie, Miß Flora, so warten Sie doch!« Bluber sprang entsetzt auf. »Seien Sie doch vernünftig! Versetzen Sie sich in unsere Lage! Wie können wir soviel Geld ausgeben für nichts und wieder nichts? Du lieber Gott!« Bittend blickte er zum Himmel.

»Mein letztes Angebot – ich warte nicht lange!« Flora wandte sich zu Gehen.

»Halt, halt!« schrie Bluber. Flora blickte sich um. Hilfesuchend wandte sich der Deutsche nun an die beiden Ex-Preisboxer. »Was meint ihr denn dazu?«

»Na ja«, sagte Throck unwillig, »normalerweise trau ich niemandem – außer ich hab ihn in der Hand . . .«

»Ich bin sicher, daß Esteban und Carl mich jederzeit besser bewachen als ein doppeltes Dutzend Schweizer Gardesoldaten«, sagte Flora schnell.

». . . aber es sieht so aus, als müßte ich das diesmal in Kauf nehmen«, vollendete Throck seinen Satz. Peebles sah Flora starr an, bis sie seinen Blick erwiderte. »Flora, ich warne dich, wenn du Mätzchen machst . . .« Das Mädchen setzte sich, ohne zu antworten, und bald darauf waren alle, tief über die Karte gebeugt, in ein gründliches Studium der Topographie Innerafrikas versunken.

4

Innerhalb von zwei Jahren war Jad-bal-ja, der goldene Löwe, zum schönsten Exemplar seiner Gattung herangewachsen, das die Greystokes jemals gesehen hatten: größer als der Durchschnitt, von edlem Körperbau und weitaus intelligenter als seine wilden Brüder im Dschungel, die Tarzans formende Hand entbehrt hatten.
Der Löwe war Tarzans ganzer Stolz. Auf ihn verwandte er all die erzieherische Sorgfalt, die auch seinem Sohn einst zugute gekommen war. Und Jad-bal-ja dankte es ihm durch seine Anhänglichkeit und das Geschick, mit dem er alle ihm gestellten Aufgaben meisterte.
Da er inzwischen für Tarzans Schlafkammer zu groß geworden war, hatte er einen Käfig direkt neben dem Bungalow der Greystokes erhalten. Dieser war stabil und weitläufig, und nachdem der goldene Löwe sich erst einmal eingelebt hatte, fühlte er sich sichtlich wohl und dachte – dankbare Kreatur, die er war – nicht im Traum daran, den Familienanschluß gegen die Ungewißheit eines freien Dschungellebens aufzugeben.
Wenn Tarzan seiner ungebärdigen Jagdlust frönte, war der Löwe sein ständiger und bevorzugter Begleiter. Wochenlang trieben sich die beiden in Dschungel und Steppe herum und lebten und jagten in den Tag hinein. Es ist zweifelhaft, ob Jad-bal-ja sich wirklich einen Reim auf die Histörchen machen konnte, die Tarzan ihm während ihrer Streifzüge zu erzählen pflegte, jedenfalls aber war er in der Lage, alle seine Anweisungen zur vollen Zufriedenheit auszuführen. Gelüstete es Tarzan nach einem saftigen Antilopen- oder Zebrasteak – der Löwe legte es ihm in Kürze zu Füßen, wie er es gelernt hatte, und wartete geduldig, bis sich sein Herr den Bauch vollgeschlagen hatte, bevor er es ihm gleichtat. Tarzan wußte nichts vom Schlaraffenland, doch im Paradies mußte es wohl ähnlich zugegangen sein, wenn die Theologen nicht schwindelten.
Es wäre auf lange Sicht keine Ende dieser Idylle abzusehen gewesen, hätten nicht – wie so oft – plötzlich äußere Ereignisse ihre dunklen Schatten geworfen. Seltsame Gerüchte drangen an Tarzans Ohr, wenn es ihn von Zeit zu Zeit an die Seite seiner Frau verschlug. Die Farbigen munkelten von einer Räuberbande, die im

Wenn Tarzan das Jagdfieber packte, war Jad-bal-ja, der goldene Löwe, sein ständiger Begleiter.

Westen und Süden von Tarzans Besitzungen ihr Unwesen treiben sollte. Schauergeschichten wurden in Umlauf gesetzt von grimmigen Elfenbeinpiraten, Sklavenhandel und anderen Ungesetzlichkeiten, die ohne realen Anlaß wohl kaum die Phantasie der Afrikaner derart angestachelt hätten. Tarzan jedenfalls begann Unrat zu wittern wie seit langem nicht mehr. Er versuchte behutsam, mehr Informationen zu erhalten, stieß aber auf Schwierigkeiten. Dann verstummten die Gerüchte etwa einen Monat lang ganz. Die altvertraute Ruhe stellte sich wieder ein. Stille lag über dem Land. Tarzan aber machte sich allerlei Gedanken.

Einmal aus seinem Schlendrian geworfen, wandte er sich in der Folge wieder mehr den häuslichen Problemen zu. Da waren vor allem die Finanzen. Der Krieg hatte nicht unerhebliche Löcher in Tarzans wohlgefüllte Säckel gerissen. Denn die Greystokes hatten als treue Patrioten ihr Hab und Gut uneingeschränkt der guten Sache – im konkreten Fall den Verbündeten – zur Verfügung gestellt.

Was danach noch übrigblieb, hatte gerade gereicht, die vom Gegner verwüsteten Gebäude der Farm wiederherzustellen und halbwegs wohnlich zu machen. In der nüchternen Sprache der Finanzleute ausgedrückt: Tarzan stand vor der Pleite.

Er war freilich weit davon entfernt, angesichts dieser betrüblichen Tatsache die Flinte ins Korn zu werfen, und eine der in solchen Fällen in der Zivilisation üblichen Lösungen – nämlich Hochstapelei oder den Strick – in Erwägung zu ziehen. Er teilte lediglich anläßlich einer abendlichen Unterhaltung seiner Familie mit, er halte es für unumgänglich, den Schatzkammern Opars, der alten Atlantidenstadt, einen erneuten Besuch abzustatten. Doch auch diese Ankündigung war Jane alles andere als angenehm.

»Ich habe Angst, John«, sagte sie mit leiser Stimme. »Zweimal bist du nur mit knapper Not aus dieser schrecklichen Stadt entkommen, und ohne ein Gramm Gold, wohlgemerkt. Wer weiß, was passiert, wenn du es ein drittes Mal versuchst. Bis jetzt hatten wir unser Auskommen, und wenn wir uns ein bißchen einschränken, wird es auch weiterhin für das Nötigste reichen. Ich kenne deine Abenteuerlust nur zu gut. Sie ist der wahre Grund, warum du uns wieder einmal verlassen willst. Daß du unser glückliches und zufriedenes Familienleben leichtsinnig aufs Spiel setzt, kümmert dich anscheinend wenig.«

»Du machst dir zuviel Gedanken, meine Liebe«, warf Tarzan beruhigend ein. »Zugegeben, die letzten Male ging es hart auf hart, aber die Wahrscheinlichkeit, daß auch diesmal wieder irgendwelche Schurken versuchen könnten, das Unternehmen zu verhindern, ist doch sehr gering. Denn soweit ich weiß, ist außer mir niemand mehr am Leben, der über die Lage der Stadt Opar Bescheid weiß. Mein Entschluß steht fest. Ich breche morgen auf.«

»Dann geh wenigstens nicht allein«, bat Jane, die merkte, daß ihre Einwände auf taube Ohren trafen. »Nimm Korak mit oder den Löwen.«

Aber auch darauf wollte Tarzan nicht eingehen. Er überzeugte Jane davon, daß es wichtig war, wenn die beiden zu ihrem Schutz auf der Farm zurückblieben, und versprach, so bald wie möglich zurückzukehren.

Tags darauf brach er auf, begleitet von fünfzig riesigen Waziri-kriegern, die in der Hauptsache als Träger fungieren sollten.

Die Stadt Opar lag etwa 25 Tagemärsche von der Farm entfernt. Da sie sich als geübte Jäger auf dem Weg selbst verpflegen konnten und sonst keinerlei Gepäck mitführten, rechnete Tarzan damit, den Hinweg in etwa drei Wochen zu schaffen. Der Rückmarsch allerdings würde durch die schwere Last der Goldbarren auf den Rücken der braven Waziris langsamer vonstatten gehen, so daß die Expedition, wenn alles nach Plan verlief, in ungefähr zwei Monaten beendet sein müßte.

Es ging zügig voran, ohne Aufenthalt oder störende Zwischenfälle. Die Nächte verbrachte man im Schutz dichter Dorngebüsche. Tarzan hatte die Aufgabe übernommen, mit Pfeil und Speer für die Verpflegung der marschmüden Männer zu sorgen, was beim Wildreichtum der Gegend keine Schwierigkeiten bereitete.

Zwei Wochen waren bereits ereignislos verlaufen. Da machte Tarzan auf einem seiner Streifzüge eine seltsame Entdeckung. Er hatte sich, wie üblich, ein geraumes Stück von den marschierenden Männern entfernt und war auf der Suche nach einem jagbaren Stück Wild, als er unvermittelt auf den Kadaver eines jungen Hirsches stieß, aus dessen Flanke ein gefiederter Pfeil ragte. Offensichtlich war das Tier aus kurzer Entfernung angeschossen worden und hatte sich dann bis hierher geschleppt. Doch es war weniger die mangelnde Treffsicherheit des unbekannten Schützen, die Tarzan auffiel, als das ungewöhnliche Aussehen des Pfeils.

Denn dieser paßte so wenig in den Dschungel wie ein Nudist auf eine Modenschau. Tarzan brauchte nicht lange zu überlegen, um zu wissen, wann er das letzte Mal einen ähnlichen gesehen hatte: in einem der vornehmsten Sportgeschäfte Londons nämlich, in dem die bogensportbegeisterte Jugend der vornehmen Gesellschaft ihre Einkäufe tätigte.

Immerhin hatte das Produkt englischer Qualitätsarbeit hier im fernen Afrika seinen Zweck erfüllt, wenn auch durch die Hand eines offensichtlichen Dilettanten. Tarzans Mißtrauen war im höchsten Maß erregt. Seine angeborenen Dschungelinstinkte waren geweckt. Es war etwas vorgefallen, das einer Erklärung bedurfte, und Tarzan war fest entschlossen, nach der Lösung des Rätsels zu suchen. Seine und die Sicherheit seiner Leute hing davon ab, daß er schnellstens herausfand, was sich hier abgespielt hatte.

Er verfolgte sie Spur des Hirsches zurück und hoffte, auf diese Art Aufschluß über die Person des unbekannten Jägers zu erhalten. Das angeschossene Tier hatte eine ziemliche Strecke zurückgelegt, und die Sonne stand schon tief im Westen, als er auf die ersten menschlichen Spuren traf. Als er die Fußabdrücke näher untersuchte, erlebte er aufs neue eine Überraschung: Es waren offensichtlich die eines Weißen! Eines Weißen, der ungefähr so groß war wie Tarzan selbst. Ein Irrtum war ausgeschlossen. Sooft er auch mit weitgeöffneten Nüstern die Abdrücke beschnüffelte, er kam zu keinem anderen als diesem unwahrscheinlichen Ergebnis. Tarzan grübelte.

Er konnte sich einfach keinen Reim auf die Sache machen. Was hatte es zu bedeuten, daß ein nackter weißer Mann hier mit Pfeil und Bogen durch seine Wälder spazierte und Schießübungen veranstaltete? Die fast vergessenen Gerüchte fielen ihm wieder ein, aber auch hier existierte kein sichtbarer Zusammenhang. Er fuhr mit der Hand durch sein dichtes, schwarzes Haar – ein typisches Zeichen seiner Verwunderung.

Dann setzte er sich entschlossen auf die Spur des Fremden. Sie wand sich ziellos und mit vielen Umwegen durch den Dschungel. Um einen Ortskundigen konnte es sich jedenfalls nicht handeln. Es gelang Tarzan jedoch nicht, vor Einbruch der Nacht den erheblichen Vorsprung des Fremden einzuholen, und als er sich, der Not gehorchend, auf den Rückweg zu seinen Waziris machte, war es bereits stockfinster.

Im Eifer der Verfolgung hatte er natürlich völlig vergessen, daß die Männer inzwischen mit knurrenden Mägen vor dem Lagerfeuer saßen. In aller Eile schnappte er einem grenzenlos enttäuschten Löwen einen feisten Antilopenbock vor der Nase weg und schwang sich, seine Beute auf den kräftigen Schultern, mit affenartiger Geschwindigkeit zum Lagerplatz zurück, wo er bereits ungeduldig erwartet wurde. Seine Entdeckung behielt er zunächst für sich. Am nächsten Morgen gab er den Waziris Anweisung, auf dem kürzesten Weg nach Opar weiterzumarschieren. Er selbst eilte zu der Stelle, an der er tags zuvor die Verfolgung abgebrochen hatte, und nahm die deutlich lesbare Spur wieder auf. Er war noch nicht sehr weit gekommen, als er einen neuen Beweis der Anwesenheit seines fremden – und wie es schien, nicht ungefährlichen – Konkurrenten erhielt. Mitten auf dem Dschungelpfad fand er die Leiche eines jener Riesenaffen, deren Stammesmitglied er lange Zeit gewesen war. Aus seiner dichtbehaarten Brust ragte wieder einer der verräterischen Pfeile. Tarzans ohnehin geringe Sympathien für den Unbekannten sanken auf den absoluten Nullpunkt. Die Dreistigkeit, mit der dieser Sportsfreund in seinem Dschungelrevier mordete, verlangte nach empfindlicher Bestrafung.
Auf den naheliegenden Gedanken, es könne sich im schlimmsten Fall um einen seiner Londoner Bekannten handeln, kam Tarzan nicht. Die Tünche der Zivilisation war längst wieder von ihm gefallen. Er war der Affenmensch, in dessen Brust unbezähmbarer Haß gegen den erbarmungslosen Schlächter seines friedfertigen Volkes brannte. Nicht Lord Greystoke, sondern ein wildes Raubtier stand hier verständnislos vor der unsinnigen Bluttat eines Mannes, der nicht in den Dschungel paßte und dessen ungeschriebene Gesetze rücksichtslos verletzte.
Und wie ein Raubtier hechelte Tarzan von da an auf der Spur des Mörders, die ungefähr eineinhalb Tage alt zu sein schien. Als ihm das Unterholz zu dicht wurde, schwang er sich behende in mittlerer Höhe durch die Bäume, von Liane zu Liane, wie nur er es konnte. Der Wind stand günstig. Eine halbe Stunde später bekam er zum erstenmal Witterung. Eine Herde der großen Dschungelaffen hielt sich in unmittelbarer Nähe auf. Tarzan bewegte sich mit äußerster Vorsicht, da er die Scheu der Affen kannte und verhindern wollte, daß sie die Flucht ergriffen, bevor sie ihn als einen der ihren erkannt hatten.

Die Herde bestand aus etwa zwanzig Tieren. Sie waren eifrig damit beschäftigt, auf der kleinen Lichtung, die sich vor Tarzan unvermittelt auftat, Raupen und Käfer zu suchen, einen wichtigen Bestandteil ihrer täglichen Nahrung.
Ein kleines Lächeln huschte über das harte Gesicht des Affenmenschen, während er von einem Ast aus das friedliche Treiben beobachtete.
Er fühlte sich plötzlich an seine längst verflossene Kindheit im Dschungel erinnert: Kala, die Äffin aus Kerschaks Stamm, war seine Ziehmutter gewesen, deren Liebe der eines menschlichen Wesens nicht nachgestanden hatte. Er sah die Spielgefährten seiner unbeschwerten Jugend, die inzwischen zu kräftigen Bullen herangewachsen waren, und malte sich ihr freudiges Erstaunen aus, wenn sie ihn so unvermutet wiedersehen würden.
Mit einer friedlichen Geste und einem freundlichen Grunzen auf den Lippen trat Tarzan auf die kleine Lichtung. Sofort richteten sich alle Blicke auf ihn. »Ich bin Tarzan, der Affenmensch«, sagte er, »der gewaltige Kämpfer und Freund der Mangani. Ich komme in friedlicher Absicht zu meinem Volk!«
Die Reaktion auf seine vorsichtigen Worte fiel erheblich anders aus, als er erwartet hatte. Plötzlich brach die Hölle los. Warnschreie gellten. Die Weibchen rasten mit ihren Jungen auf die nächstgelegenen Bäume und begannen infernalisch zu keifen. Die Bullen aber machten Front gegen den Eindringling, knurrten drohend und bearbeiteten mit kräftiger Faust ihre behaarten Brustkästen. Es war, insgesamt gesehen, kein sehr freundlicher Empfang.
»Was habt ihr denn!« schrie Tarzan verwirrt. »Erkennt ihr mich nicht? Ich bin es, Tarzan, euer Freund, Kalas Sohn und Ehrenhäuptling von Kerschaks Stamm!«
»Und ob wir dich kennen«, knurrte ein alter Bulle aufgebracht zurück. »Schließlich haben wir alle gesehen, wie du gestern Gobu heimtückisch ermordet hast. Nimm deine Liane in die Hand und verschwinde, sonst machen wir kurzen Prozeß mit dir!«
»Die Maden haben euer Hirn zerfressen«, erwiderte Tarzan zornig, »daß ihr mich mit dem Schuft verwechselt, der Gobu umgebracht hat. Genau der ist es ja, den ich suche, und darum bin ich zu euch gekommen.«
Doch all seine Beteuerungen waren vergeblich. Die Affen blieben stur bei der Behauptung, er, Tarzan, habe ihren Artgenossen am

Alle Spuren führten verblüffenderweise zu den felsigen Hügeln, hinter denen der geheime Eingang zum Tal von Opar lag.

Tag zuvor mit einem Pfeil niedergestreckt, und wiederholten unmißverständlich ihre Aufforderung, er solle sich aus dem Staub machen, falls er nicht das Opfer ihrer Rachsucht werden wolle.
Tarzan dachte nach. Daß ihn die Affen mit jemandem verwechselten, war offensichtlich. Aber was steckte dahinter? Er machte einen letzten Versuch, der Sache auf den Grund zu gehen.
»Ich habe Gobu wirklich nicht getötet«, sagte er beschwörend. »Ihr kennt mich doch, und das nicht erst seit heute. Nie habe ich getötet außer im offenen Kampf von Bulle zu Bulle. Ich bin ein Freund der Mangani, der beste, den ihr je hattet. Glaubt ihr denn, ich bin verrückt geworden und weiß nicht mehr, was ich tue?«
»Wir glauben, was wir sehen«, gab der Wortführer der Affen verbittert zurück. »Und gestern haben wir gesehen, wie du Gobu umgebracht hast. Ob du verrückt bist oder nicht, interessiert uns wenig. Jedenfalls bist du nicht länger der Freund der Mangani. Wir wissen, daß du stark bist, aber zusammen sind wir stärker als du. Ich bin Pagth, der Häuptling dieses Stammes. Verschwinde, oder es wird dir schlecht ergehen.«
Tarzan begann einzusehen, daß die Affen in ihrer verständlichen Wut rationalen Argumenten nicht mehr zugänglich waren. Es hatte keinen Sinn, die Kampflust der Bullen dadurch herauszufordern, daß er weitere Fragen stellte. Er wäre sonst vielleicht gegen seinen Willen wirklich zum Mörder an einem von ihnen geworden, und das wollte er um jeden Preis vermeiden.
»Dann eben nicht«, murmelte er grimmig, während er zur nächsten Liane griff und den ehrenvollen Rückzug antrat. Der Fremde aber, nahm er sich vor, sollte nichts zu lachen haben, wenn es einmal soweit war.

Tarzan blieb ihm auf der Spur und erreichte bald einen Punkt, wo die Fußstapfen des Unbekannten diejenigen anderer Menschen kreuzten. Es handelte sich hauptsächlich um Schwarze, aber auch einige gestiefelte Weiße befanden sich darunter – und eine Frau oder ein Kind. Genaueres war nicht festzustellen.
Alle Spuren führten verblüffenderweise zu den felsigen Hügeln, hinter denen der geheime Eingang zum Tal von Opar lag. Die Gruppe, zu der Gobus Mörder gestoßen war, hatte ungefähr einen halben Tagesmarsch Vorsprung. Tarzan mußte sich beeilen, wenn er sie einholen wollte, bevor sie Opar erreicht hatten. Denn daß

die verborgene Stadt das Ziel ihres Marsches war, stand für ihn außer Zweifel.
Ebenso außer Zweifel stand, daß etwas an der Sache faul war. Tarzan hatte keinem Menschen außer Jane und Korak jemals erzählt, wo Opar lag. Wer außer ihm konnte noch von der vergessenen Stadt der alten Atlantiden gehört haben und sogar genau wissen, wo sie zu suchen war?
Er grübelte hin und her, während er von Baum zu Baum eilte, kam aber zu keinem vernünftigen Ergebnis. Das war auch nicht mehr nötig, denn als die Dunkelheit hereinbrach, sah er in weiter Ferne den Lichtschein mehrerer Lagerfeuer. Er war am Ziel. Das weitere würde sich finden.

5

Zu Hause, im Hauptdorf der Waziris, nahm das Leben seinen gewohnten Gang. Unter der Oberaufsicht von Jervis, dem weißen Vorarbeiter, verrichtete die Dorfbevölkerung ihr tägliches Pensum in Feld und Wald. Besondere Unternehmungen, wie etwa eine Brandrodung, leitete Jane persönlich.
Ungefähr eine Woche nach Tarzans Weggang traf ein Eilbote von der Küste mit einem Blitztelegramm ein: Lady Janes Vater lag im Sterben. Hastig traf man alle Vorbereitungen zur Abreise, Korak übernahm das Kommando im Dorf, und zwei Tage später befand sich Tarzans Gemahlin auf einer langen, trauervollen Reise.
Wiederum waren zwei Wochen ins Land gegangen. Ein Schwarzer säuberte mit einem Besen das Innere von Jad-bal-jas Gehege. Er war ein alter Vertrauter des goldenen Löwen und kümmerte sich nicht viel um ihn, während er sorgfältig und hingebungsvoll den Boden fegte. Jad-bal-ja hatte sofort bemerkt, daß der Mann die Tür beim Eintreten nicht verschlossen hatte. Langsam, wie zufällig, trottete das Tier auf den Ausgang zu. Unbemerkt hob es seine riesige Pranke und tastete damit nach außen. Die Tür öffnete sich sofort. Im selben Augenblick, in dem der Löwe mit den Schultern in der Öffnung stand, blickte sich der Schwarze um und schrie entsetzt: »Jad-bal-ja! Bleib hier!« Während er auf den Löwen zusprang, setzte sich dieser in Bewegung und verschwand in gleichmäßigem Trab in den Tiefen des Urwalds.
»Ach, was wird Tarzan sagen, wenn er hört, daß ich den goldenen Löwen freigelassen habe!« rief der Afrikaner, von den entsetzten Dorfbewohnern umringt.
»Er wird dich aus dem Dorf jagen, in einen entlegenen Distrikt, wo man keine Kühe hütet, sondern Schweine!« antwortete einer von ihnen stirnrunzelnd.
»Ich bin kein Feigling«, sagte Kiwasi, der unachtsame Wärter. »Ich bin ein Krieger, und ich bin ein Waziri. Welches Urteil Tarzan auch über mich verhängt, ich werde es annehmen und tragen wie ein Mann.«
In derselben Nacht erreichte Tarzan das Lager der merkwürdigen Reisegesellschaft, die er verfolgt hatte. Mitten zwischen ihren Zelten verbarg er sich, für sie unsichtbar, im Unterholz. Sie hatten ihr

»Ich bin Tarzan, der Herr des Dschungels, und suche denjenigen, der Gabu, den Affen erschlagen hat, der ebenfalls auch Bara, den Rehbock ohne meine Erlaubnis tötete.«

Lager mit einer sehr starken Boma umgeben, einem schier undurchdringlichen Zaun aus Dornengestrüpp. Mehrere Feuer, breit und hochauflodernd, gaben der Szenerie ein festliches Gepräge. Vier Gestalten, deren Tropenhelme sie als Europäer auswiesen, hockten um eines der Feuer herum. Mit Verschwörermiene und gedämpften Stimmen schienen sie über irgendein geheimes Projekt zu beraten. Da Tarzan ihre Worte nicht verstehen konnte, schnellte er sich mit kühnem Sprung und einem verhaltenen Kriegsschrei in den Widerschein des Feuers.

Bluber stieß einen spitzen Schrei aus und rappelte sich, mehrmals über seine eigenen Füße stolpernd, hoch. Während er den Affenmenschen angsterfüllt anstarrte, machte er instinktiv einige Schritte rückwärts; dabei stolperte er über einen Campingstuhl und purzelte der Länge nach hin.

»Um Gottes willen, Esteban«, jammerte er, ohne einen weiteren Versuch zu machen, auf die Füße zu kommen, »warum bist du denn schon zurück? Mich so zu erschrecken!«

Tarzan war zornig, zornig auf diese ungehobelten Eindringlinge, die ohne seine ausdrückliche Erlaubnis in den Urwald gekommen waren. Sie schienen nicht zu wissen, daß dies sein ureigenes Reich war, oder – noch schlimmer – es nicht zu beachten. Aber hier sorgte er, Tarzan, der Affenmensch, für Ruhe und Ordnung, und das mußte man ihnen beibringen, diesen Grünschnäbeln! Und während Tarzan sich ärgerte, erglühte auf seiner Stirn blutrot jene alte Narbe, die ihm damals in seinem ersten Kampf Bolgani, der Gorilla, zugefügt hatte.

Seine stahlgrauen Augen hatten sich zu engen Schlitzen verengt, seine Stimme klang kalt und nur mühsam beherrscht. »Wer seid ihr«, fragte er gebieterisch, »daß ihr es wagt, in das Land der Waziris und ihres Häuptlings Tarzan einzudringen?«

»Hör auf mit dem Quatsch, Esteban«, sagte einer der Engländer. »Wieso bist du schon da? Und wo sind deine Träger und das Gold?«

Einen Augenblick lang musterte Tarzan den Mann verwundert. »Ich bin Tarzan, der Affenmensch«, sagte er dann. »Ich verstehe eure Rede nicht. Ich weiß nur, daß ich denjenigen suche, der Gobu, den Affen, erschlagen hat – denselben, der auch Bara, den Rehbock, ohne meine Erlaubnis tötete!«

»Glaub bloß nicht, wir fallen auf den Blödsinn rein, damit du nachher was zu lachen hast. Setz dich endlich hin und sag, was los ist«, erklärte der andere Engländer mürrisch.

Im Innenraum des Zeltes, vor dem sich diese Szene abspielte, berührte eine Frau in plötzlichem Entsetzen den Unterarm des ihr gegenüber sitzenden Mannes.

»Carl, dort!« flüsterte sie, ohne ein hektisches Zittern in ihrer Stimme verbergen zu können.

»Was ist, Flora? Ich sehe nur Esteban, der scheinbar schon zurück ist!«

»Das ist nicht Esteban! Das ist Lord Greystoke selbst, das ist Tarzan, der Affenmensch!«

»Du bist verrückt! Das kann er nicht sein!«

»Er ist es! Ich muß ihn schließlich kennen! Habe ich ihn nicht täglich gesehen, als ich in London Lady Jane Greystokes Zofe war?«

»Und wenn es Tarzan ist, was können wir tun?« fragte der Russe, unsicher geworden.

»Nichts, denn du kennst ihn nicht. Du hast keine Ahnung von der Macht, über die er gebietet. Er ist Herrscher über Leben und Tod – Mensch oder Tier, alles huldigt ihm! Und daß er hierher gekommen ist, zeigt mir, daß er vielleicht etwas von unseren Plänen weiß, und dann gnade uns Gott . . .«

Bestürzt blickte Kraski sie an.

»Außer . . .« sagte das Mädchen nachdenklich.

»Außer was?«

»Es gibt nur eine Möglichkeit. Töten dürfen wir ihn nicht. Seine Waziris würden uns verfolgen bis ans Ende der Welt. Aber wenn wir schnell und entschlossen handeln . . .« Sie kramte nervös in einer ihrer Reisetaschen. Dann übergab sie Kraski ein kleines Fläschchen, das etwas Flüssigkeit enthielt.

»Geh hinaus, sprich mit ihm, freunde dich mit ihm an. Lüg ihm was vor, irgend etwas. Versprich alles mögliche, aber besänftige ihn soweit, daß er sich zu einem Kaffee einladen läßt. Er trinkt keinen Wein, er trinkt überhaupt keinen Alkohol, aber für eine Tasse Kaffee geht er meilenweit durch den Dschungel. Wenn er annimmt, weißt du, was du mit diesem Fläschchen zu tun hast.«

Kraski nickte entschlossen. »Ich verstehe«, sagte er und bückte sich unter dem Zelteingang.

Leise rief ihn das Mädchen zurück. »Er darf mich auf keinen Fall

zu Gesicht bekommen. Nie darf er erfahren, daß ich hier bin oder daß du mich kennst!«
Der Mann nickte und trat vor das Zelt. »Willkommen«, sagte er mit charmantem Lächeln, zu Tarzan gewandt. »Wir sind jederzeit über Gäste erfreut, die unser bescheidenes Lager eines Besuches wert erachten! Setzen Sie sich doch. John, hol einen Sessel für den Genleman.«
Der Affenmensch blickte Kraski kühl und überlegen an. »Ich bin gerade dabei, herauszufinden, was Ihre Gesellschaft für dunkle Pläne hegt«, erwiderte er scharf. »Kein Jäger betritt mein Reich ohne meine Erlaubnis und ungestraft!«
»Aber, aber«, rief Kraski begütigend. »Hier muß ein Mißverständnis vorliegen. Sie erlauben doch – mit wem habe ich die Ehre?«
»Ich bin Tarzan, der Affenmensch, König des Dschungels, Herr über Leben und Tod! Und wer seid ihr?«
»Welche Überraschung! Tarzan, den Affenmenschen, als unseren Gast begrüßen zu dürfen! Jetzt ist die Rettung nah! Seit Wochen irren wir ruhelos und völlig verzweifelt in diesem unwirtlichen Himmelsstrich umher, von der Bösartigkeit unseres früheren Führers einem sicheren Tode geweiht. Seit der Schurke uns mitsamt Karten und Kompaß verließ, versuchen wir sehnsüchtig, Sie oder einen Ihrer Untergebenen zu finden! Denn wir hatten von Ihnen nur Gutes und Großes gehört. Sie sind der einzige, der uns aus dieser teuflischen Wildnis zum rettenden Strand Kenias leiten kann. Vor Ihnen, Herrscher des Dschungels, steht eine wissenschaftliche Expedition, die sich ganz den prächtigen Spezies der innerafrikanischen Flora geweiht hat. Ich darf Sie bekannt machen mit Herrn Geheimrat Dr. Adolph Bluber, dem Expeditionsleiter, einer Koryphäe auf dem Gebiet der Rispenranker!«
Peebles, Throck und Bluber starrten Kraski mit offenen Mündern an, fasziniert von den allglatten Lügnereien dieses wahrhaften Salonlöwen. Bluber stotterte schließlich mühsam:
Zögernd und einigermaßen verwirrt blickte der Affenmensch die schmierig lächelnden Gestalten vor sich an. Warum hatten sie ihn nur Esteban genannt? Und wer hatte Gobu getötet?
»Aber so setzen Sie sich doch«, unterbrach Kraski seine Überlegungen. »Verzeihen Sie, wenn wir die Bannmeile Ihres Hoheitsgebietes überschritten haben und trinken Sie eine Tasse Kaffee mit uns.«

Ihr Herz begann wie wild zu klopfen, als sie sah, wie er mit einer schnellen Bewegung den Inhalt des Fläschchens in Tarzans Tasse schüttete.

Mit diesen Zwielichtern eine Tasse Kaffee zu trinken, konnte bei etwas Wachsamkeit nicht schaden. Seit seinem letzten Englandaufenthalt hatte er, Lord Greystoke, nichts als geschmacklosen Malzkaffee vorgesetzt bekommen. Während die Engländer und der Deutsche seine herrliche Figur in aller Ausführlichkeit bewunderten, bereitete Kraski auf der nahen Kochstelle den Kaffee.
Aus der Dunkelheit ihres Zeltes beobachtete Flora die gespenstische Szenerie, selbst vor Nervosität zitternd: der riesige Schatten des stehenden Kraski, der sich undeutlich auf den umstehenden Urwaldriesen abzeichnete, und die vier Gestalten, die schweigend um das Hauptfeuer herum saßen und vor denen ihr der frühere Lord Greystoke wie ein überlebensgroßer hellenischer Apoll unter verwachsenen Zwergen erschien.
Kraski ging mit dem fertigen Kaffee auf die Gruppe zu. Ihr Herz begann wie wild zu klopfen, als sie sah, wie er mit einer schnellen Bewegung den Inhalt des Fläschchens in Tarzans Tasse schüttete. Schnell spähte sie zu dem Affenmenschen hinüber. Er hatte nichts bemerkt. Sie atmete auf.
Tarzan trank das lang entbehrte Getränk auf einen Zug aus; bis zum letzten Tropfen.

6

Am selben Nachmittag, als Tarzan das Lager der Verschwörer entdeckte, bemerkte der diensttuende Wachtposten der Stadt Opar eine Gruppe von Leuten, die Anstalten machte, von der Höhe des Bergwalls in das Tal hinabzusteigen.
Er traute seinen Augen kaum, denn die einzigen Fremden, die seit Menschengedenken das Tal von Opar betreten hatten, waren Tarzan, Jane und ihre Wazirikrieger gewesen.
Alle anderen Erzählungen vom Eindringen Fremder in das vergessene Tal gehörten seit langem zu den Legenden aus grauer Vorzeit, die von Generation zu Generation überliefert wurden. Auch der Wachdienst wurde eigentlich nur noch aus sinnentleertem Traditionsbewußtsein aufrechterhalten. Wo einst die stolzen und kampfeslustigen Krieger des alten Atlantis den Anmarsch ihrer zahlreichen Feinde mit Gelassenheit erwartet hatten, wachte jetzt ein einziger Vertreter jener nur noch entfernt menschenähnlichen Rasse, zu der die Bewohner Opars im Lauf der Jahrhunderte herabgesunken waren.
Fortgesetzte Inzucht und später das verantwortungslose Fraternisieren mit den großen Menschenaffen hatten jene Karikaturen einstigen Herrenmenschentums erzeugt, die jetzt Opar bevölkerten. Einer seltsamen Laune der Natur zufolge hatte diese betrübliche Entwicklung hauptsächlich die Männer betroffen. Die Frauen dagegen hatten das Äußere ihrer Vorfahren weitgehend bewahren können und entsprachen in vielen Fällen durchaus dem abendländischen Schönheitsideal. Dies war wohl dem Umstand zu verdanken, daß es in Opar Sitte war, weibliche Säuglinge mit äffischen Zügen unmittelbar nach der Geburt den immer hungrigen Göttern zu opfern, während man im Fall der männlichen Säuglinge konsequent umgekehrt verfuhr.
Der einsame Wächter war ein Musterbeispiel für das niederschmetternde Ergebnis, das diese jahrhundertelang geübten Methoden zeitigten: Er war klein und von plumper Gestalt, Haar und Bart waren glanzlos, filzige Strähnen fielen über die fliehende Stirn; die kleinen, dicht beieinanderliegenden Augen und die raubtierhaften Zähne auf den übermäßig entwickelten Kiefern legten beredtes Zeugnis seiner äffischen Herkunft ab. Die Beine

waren kurz und krumm, die überproportional langen, muskulösen Arme hingen wie Schwengel an dem von schütterem Haarwuchs bedeckten Körper. Insgesamt gesehen, ein nicht sehr erhebender Anblick!

Mit heimtückischen, blutunterlaufenen Augen beobachtete das groteske Wesen, wie sich die Eindringlinge langsam auf die zerbröckelnden Mauern von Opar zubewegten. Seine Atemzüge wurden rascher, und erregtes Grunzen drang aus seiner rauhen Kehle, während das überbeanspruchte Hirn auf Hochtouren lief.

Die Fremden waren für eine genaue Identifizierung noch zu weit entfernt. Der Wächter schätzte ihre Zahl nicht ohne Mühe auf etwa sechzig Personen. Als er sich dieser unfaßlichen Tatsache zweifelsfrei versichert hatte, entschloß er sich, zu handeln. Er verließ seinen Posten auf dem Außenwall, passierte die innere Ringmauer und verschwand, nachdem er die breite Hauptstraße überquert hatte, in eiligem Trott in dem verwahrlosten Tempel, dem man die einstige Pracht noch immer ansah.

Dort saß Cadj, der Oberpriester von Opar, im Schatten der gewaltigen Baumriesen, die den ehemaligen Tempelgarten überwucherten, im Kreise seiner auserwählten Freunde. Diese bekleideten besondere Ämter in der althergebrachten Priesterhierarchie, die sie vor allem aufgrund ihres erheblichen Alters und der damit verbundenen Fähigkeit zum Intrigantentum innehatten. Sie bildeten gewissermaßen die Crème der Gesellschaft und waren nicht wenig verwundert, daß ein Angehöriger der niederen Stände sich erdreistete, sie in ihrer Siesta zu stören. Der Wächter freilich war viel zu erregt, um auf die guten Sitten zu achten, und wandte sich ohne Umschweife an Cadj.

»Sie kommen!« schrie er. »Fremde sind auf dem Weg nach Opar, mindestens fünfzig Leute, vielleicht auch mehr. Genaueres konnte ich nicht erkennen. Sie sind noch zu fern. Seit der große weiße Krieger zu uns kam, ist so etwas nicht geschehen! Was sollen wir tun?«

Cadj dachte einen Augenblick nach. »Viele Monde sind vergangen, seit der große weiße Mann, der sich Tarzan nennt, hier war. Und obwohl er zurückkommen wollte, um sich zu versichern, daß La nichts zugestoßen sei, ist er nie mehr erschienen, und La ist wie ich der Ansicht, daß er wahrscheinlich tot ist«, murmelte er mehr zu sich selbst als zu den anderen.

Dann wandte er sich plötzlich dem Wächter zu: »Hast du außer uns jemanden von deiner Entdeckung berichtet?«
Der Wächter schüttelte den Kopf.
»Gut«, sagte Cadj, »wir wollen die Sache zunächst einmal selbst in Augenschein nehmen. Es interessiert mich brennend, die Leute zu sehen, die die Frechheit besitzen, in das verbotene Gebiet Opars einzudringen. Und niemand erzählt ein Sterbenswörtlein davon, bevor ich es erlaube. Ist das klar?«
»Dein Wort ist Gesetz, bis La spricht«, wagte einer der Priester, natürlich der jüngste, leise einzuwenden.
Cadj nahm es scheinbar nicht zur Kenntnis, merkte sich den Frechling aber für die Todeskammer des Feuergottes vor, und zwar zum nächstmöglichen Termin. Denn wenn er etwas nicht vertrug, dann war es Widerspruch. Darin wenigstens glich er noch den Altvorderen.
Die Unterhaltung hatte in der gutturalen Sprache der Bewohner von Opar stattgefunden, die dem Dialekt der großen Waldaffen ähnelte und nur ab und zu von Resten atlantidischer Herkunft durchsetzt war. Die einstigen Gründer der Stadt, die vor Urzeiten auf ihren Eroberungszügen bis nach Mittelafrika vorgestoßen waren und Opar nach dem Muster ihrer Heimatstädte hatten errichten lassen, wären wohl kaum mehr in der Lage gewesen, sich mit ihren Nachfahren zu verständigen.
Dagegen verstand der geheime Lauscher, der sich beim Nahen der Priester eilig in einer zerfallenen Schießscharte verborgen hatte, jedes Wort. Aufmerksam beobachtete er aus seinem Versteck heraus, wie Cadj und seine Priester die Fremden belauerten, die sich unter den immer noch sengenden Strahlen der niedergehenden Äquatorsonne mühselig durch die felsige Talsohle kämpften. Normalerweise hätte er es nicht gewagt, sich den gewalttätigen Bewohnern dieser Stadt auch nur auf Steinwurfweite zu nähern, doch seine Neugier war stärker als die Furcht. Denn Manu, der kleine graue Affe mit dem traurigen Gesicht, war zwar schon etwas reiferen Alters, doch nichtsdestoweniger heftig vom Erbübel seiner Rasse geplagt. Gespannt verfolgte er die Unterhaltung der Priester.
Diese konnten längere Zeit aufgrund der Entfernung, die sie von den Marschierenden trennte, nur vage Vermutungen über deren Identität anstellen. Das freilich taten sie in aller Ausführlichkeit.

Endlich waren die Fremden nahe genug, um Einzelheiten unterscheiden zu können. Einer der jüngeren Priester schrie plötzlich aufgeregt: »Er ist es, Cadj! Es ist der große Tarmangani, der sich Tarzan nennt. Ich sehe ihn deutlich. Die anderen sind Schwarze, die er mit seinem Speer zur Eile antreibt. Es sieht so aus, als ob sie große Angst hätten.«

»Bist du auch ganz sicher?« fragte Cadj mißtrauisch zurück.

»So war mir La – äh, der große Feuergott helfe«, versicherte der Jungtheologe, und einer der Kollegen beeilte sich, seine Angaben zu bestätigen. Nach einiger Zeit konnte auch der kurzsichtige Cadj den großen, weißen Affenmenschen deutlich erkennen. Ein zorniges Schnaufen kam über seine wulstigen Lippen.

»Er darf Opar auf keinen Fall betreten!« schrie er wuterfüllt. »Trommelt sofort an die hundert Krieger zusammen. Wir legen ihnen einen Hinterhalt und schnappen sie uns Mann für Mann.«

»Und was passiert, wenn La davon erfährt?« gab einer zu bedenken – es war derselbe, der schon vorher widersprochen hatte und daher in Cadjs Augen bereits ein lebendiger Leichnam war. »Tarzan hat sie vor den Stoßzähnen Tantors, des Elefanten gerettet, und sie ist ihm freundschaftlich verbunden.«

»Schweig!« herrschte ihn Cadj an, der nicht länger an sich halten konnte. »Wir töten sie und damit basta. Gibt es noch einen unter euch, der an meinen Befehlen herumzumäkeln wagt außer diesem hier, der bereits dem Feuergott gehört?« Damit deutete er höchst unaristokratisch mit schmutzigem Finger auf den Rädelsführer, der angesichts des mangelnden Beistands der anderen zu Kreuze kroch und heftig zu zittern begann. Keiner wagte ein Widerwort. Aber in verschiedenen Köpfen regten sich verschiedene Gedanken. Denn Cadj war zwar mächtig und gefürchtet, doch mächtiger noch war La, die Oberpriesterin. Und es war vorauszusehen, daß sie mit der Handlungsweise ihres Gatten nicht einverstanden sein würde. Doch wer sollte ihr gegen Cadjs Willen etwas erzählen? Manu, das Äffchen, das die Auseinandersetzung bis zum Schluß mit wachsender Erregung verfolgt hatte, mußte sich zwingen, um nicht durch einen unbedachten Laut seiner Empörung über den Plan des Oberpriesters Luft zu machen und damit zugleich sein Versteck zu verraten. Manu kannte Tarzan, wie die vielen anderen seiner Art, die rastlos den afrikanischen Dschungel durchstreiften, als einen Freund und Beschützer aller Tiere. Die Leute von Opar dagegen haßte er erbittert, da diese seine Artgenossen als Bereicherung ihres Speisezettels aufzufressen pflegten und eifrig Jagd auf sie machten. Auch er war ihnen oft nur mit Mühe entkommen.

Als er jetzt von dem Anschlag auf Tarzan hörte, war ihm klar, daß er etwas dagegen unternehmen mußte. Nachdenklich kratzte er seinen kleinen grauen Kopf, während er versuchte, sich einen Plan zur Rettung Tarzans zurechtzulegen. Die ungewohnte Anstrengung brachte seine melancholischen Gesichtszüge in lebhafte Bewegung. Er grimassierte so heftig, daß die Priester sicher die Flucht ergriffen hätten, wäre er ihnen plötzlich vor Augen gekommen. Aber eine innere Stimme zwang Manu, dies besser zu unterlassen und sich auf die Kernfrage des Problems zu konzentrieren. Und während eine Raupe gemächlich zwischen seinen Beinen hin und her kroch, faßte er den Entschluß, Tarzan zu warnen.

Die Priester schenkten dem kleinen Affen keine weitere Beachtung, als er unweit von ihnen den Steinwall überkletterte und eilig davonhüpfte. Sie hatten Wichtigeres zu tun.

Die Fremden hatten inzwischen den Fuß eines kleinen, aber sehr steilen Hügels erreicht, der etwa eine Meile vor der Stadt mitten im Tal aufragte. Dort machten sie halt.

Dieser Hügel war auch Manus Ziel. Er bestand aus Felsgestein, daß jedoch ziemlich uneben war, so daß es keine Schwierigkeiten beim Aufstieg gab. Als er die Spitze erreicht hatte, verschnaufte er ein wenig und wartete, bis sich das aufgeregte Klopfen seines Herzens gelegt hatte. Dann machte er sich auf die Suche nach einer Stelle, von der aus er auf Tarzans Leute herabschauen konnte.

Tarzan stand in herrischer Positur auf einem Felsblock und beaufsichtigte die Schwarzen, die damit beschäftigt waren, aus Stangen und Zweigen eine provisorische Leiter zu bauen. Der kleine Affe war natürlich nicht in der Lage, den tieferen Sinn dieser emsigen Tätigkeit zu durchschauen, und konnte auch nicht wissen, daß Flora Hawkes' kluges Köpfchen diese Möglichkeit ausgetüftelt hatte, über den Steilhang zur Spitze des Hügels zu gelangen. Dort nämlich begann der äußere Geheimgang, der zu den Schatzkammern von Opar führte. Manu konnte auch nicht ahnen, daß es gar nicht in der Absicht der kleinen Gruppe lag,

die Stadt auf dem direkten Weg zu betreten, und man somit Cadjs Kriegern ohnehin nicht in die Falle gegangen wäre.
Für ihn stand fest, daß Tarzan in höchster Gefahr schwebte und er keine Zeit mehr verlieren durfte.
»Tarzan!« schrie er deshalb, so laut er konnte, in der Sprache der großen Affen.
Seine schnatternde Stimme durchbrach die Stille des Abends und die leise Unterhaltung der arbeitenden Schwarzen. Alle Augen richteten sich auf den Störenfried.
Doch als die Schwarzen merkten, daß es nur ein kleiner Affe war, der aufgeregt auf der Spitze des Hügels eine Art Veitstanz vollführte, erlahmte ihr vorübergehendes Interesse, und sie wandten sich, nicht zuletzt aus Furcht vor dem drohenden Speer des weißen Mannes, wieder ihrer stumpfsinnigen Beschäftigung zu.
Für Manu war das nicht verwunderlich, da sie seine Sprache ja nicht verstanden. Höchst seltsam berührte ihn jedoch die Tatsache, daß auch Tarzan von ihm keinerlei Notiz zu nehmen schien.
Verzweifelt und mit überschnappender Stimme versuchte er immer wieder, seine Aufmerksamkeit zu erregen.
»Sie wollen dich töten!« schrie er. »Cadj und seine Krieger lauern dir auf. Geh nicht nach Opar, Tarzan!«
Doch es war alles vergebens. Kein Zeichen, daß er verstanden worden war, erreichte ihn. Das einzige, was Tarzan tat, war, daß er die Schwarzen mit barscher Stimme zur Arbeit antrieb. Manu war völlig verwirrt. Was war geschehen, daß sich Tarzan der Warnung seines alten Freundes verschloß?
Schließlich gab er seine fruchtlosen Bemühungen auf und zog sich deprimiert zurück. Es war zu spät und zu gefährlich, noch nach Opar zurückzukehren, und er beschloß, die Nacht unbequem, aber sicher irgendwo auf dem Hügel zu verbringen. Hinter einem großen Stein zusammengekauert, beobachtete er, wie die Afrikaner im Licht des aufgehenden Mondes die Leiter fertigstellten und Tarzan sie unter Drohungen und vereinzelt sogar durch Schläge zwang, ihm voran den Hügel zu erklimmen.
Als alle oben waren, verschwanden sie irgendwo in der Mitte des Felsens. Erst nach geraumer Zeit kamen sie wieder hervor. Jeder der Schwarzen trug zwei offensichtlich ziemlich schwere Gegenstände mit sich, die für Manu große Ähnlichkeit mit den Steinen

Im Licht des aufgehenden Mondes stellten die Eingeborenen unter Tarzans Aufsicht die Leiter auf.

hatten, aus denen manche Gebäude in Opar errichtet waren. Sie trugen die Blöcke zum Abhang und warfen sie hinunter. Sie selbst benutzten wieder die Leiter zum Abstieg. Unten angekommen, nahm jeder seine Last auf. Einige zerlegten die Leiter wieder in ihre Bestandteile und verbargen sie in einem nahen Gebüsch. Nachdem sie ziemlich oberflächlich die Spuren ihrer Anwesenheit verwischt hatten, brachen sie mit Tarzan an der Spitze auf, um zu ihrem Lager zurückzukehren. Wie es schien, hatten sie die Absicht, das verbotene Tal so schnell wie möglich zu verlassen. Es lag nicht gerade in der Art Manus, sich viele Gedanken über Dinge zu machen, die er nicht verstand. Er kannte sich mit Menschen nur sehr oberflächlich aus und empfand das durchaus nicht als Mangel. Denn das meiste an ihrem Verhalten erschien ihm seltsam und unfaßbar. Im Grunde genommen hatte er eher ein wenig Mitleid mit diesen von der Natur recht stiefmütterlich behandelten Lebewesen, die nichts Besseres zu tun wußten, als sich mit Gesteinsbrocken zu beladen, die sie meilenweit durch die Gegend schleppten. Er wunderte sich noch einmal kurz über Tarzan, den er eigentlich für vernünftiger gehalten hatte, und schlief ein.
Als er erwachte, war es heller Tag.
Manu warf einen Blick in die Ferne und sah gerade noch die letzten Schwarzen hinter den Klippen verschwinden, die das Tal von Opar im Nordwesten begrenzten. Die Ereignisse der Nacht drangen ihm flüchtig ins Bewußtsein, wurden aber bald durch einige Raupen verdrängt, die er gierig verschlang. Anschließend vergewisserte er sich, daß kein größeres Raubtier in der Nähe war, denn er hatte keine Lust, allzuschnell in den unabänderlichen Kreislauf der Natur einbezogen zu werden. Dazu war Manu viel zu schlau.
Doch gerade als er frohgemut den Hügel endgültig verlassen wollte, wurde er einer neuerlichen Bedrohung seiner friedfertigen Existenz gewahr: Er sah, wie sich Cadjs Krieger, die die Nacht über vergeblich auf der Lauer gelegen hatten, in langer Reihe und mit grimmer Entschlossenheit genau auf seinen derzeitigen Standort zubewegten. Da er, wie alle Affen, ein wenig zur Selbstüberschätzung neigte, glaubte er natürlich, der Aufwand gelte ihm allein, und verbarg sich schleunigst hinter einem Felsbrocken. Doch die finsteren Gestalten liefen achtlos an dem Hügel vorbei

und strebten den äußeren Klippen am Rand des Tals zu. Langsam dämmerte es Manu, daß nicht er, sondern wahrscheinlich Tarzan es war, den die Krieger so eifrig suchten. Und da er nicht nachtragend war, wollte er sofort lossausen, um seinen Freund trotz seines seltsamen Benehmens erneut zu warnen.
Erst als er sah, daß ihm die Krieger den Weg versperrten und er, falls er sie umging, Tarzan nicht mehr rechtzeitig erreichen würde, gab er auf und machte sich traurig nach Opar auf. Er hatte das unbestimmte Gefühl, daß er vielleicht auch dort etwas für den Freund tun könne.
Und wie es der Zufall wollte, stieß er, kaum in der Stadt, auf La, die Oberpriesterin. Sie war gerade dabei, im Kreise ihrer Gespielinnen ihr Morgenbad zu nehmen. Schon stand sie bis zum Nabel im Wasser des Tempelteiches und scherzte fröhlich mit den anderen, als plötzlich der kleine Affe aufgeregt über die Mauer hüpfte.
»Sie wollen Tarzan töten!« schnatterte er im höchsten Falsett. »Sie wollen ihn umbringen!«
La schaute ihn ungläubig fragend an. Tarzans Name wirkte wie ein Schock auf sie.
»Ich habe ihn gesehen, jawohl«, plapperte Manu drauflos, in dessen Hirn sich die Dinge etwas überstürzten. »Er ist mit seinen Leuten in den Hügel gestiegen. Dann haben sie die Steine herausgeholt und sind wieder weggegangen. Dorthin.« Und damit zeigte er vage nach Nordwesten.
»Und woher willst du wissen, daß es Tarzan war?« fragte La, ohne auf die Einzelheiten der Erzählung zu achten.
»Du weißt doch, daß ich ihn kenne. Ich sage dir, es war Tarzan und kein anderer!«
La hob eine ihrer hübschen Augenbrauen. In ihrem Herzen schwelte immer noch das Feuer ihrer Liebe zu dem Affenmenschen. Daran hatte auch die Notwendigkeit ihrer Heirat mit dem Oberpriester nichts geändert. Dies war nur geschehen, um den starren Gesetzen der versunkenen Stadt Genüge zu tun. Denn diese schrieben vor, daß die Oberpriesterin des Feuergottes von Opar innerhalb einer bestimmten Anzahl von Jahren nach ihrer Weihe einen Mann nehmen mußte. La hatte lange Zeit die Hoffnung nicht aufgegeben, daß Tarzan dieser Mann sein werde. Aber es war anders gekommen. Tarzan hatte ihre Liebe nicht zu

erwidern vermocht, und schließlich hatte sie die Unabänderlichkeit seines Entschlusses einsehen müssen. Ihre Heirat mit Cadj war dennoch nichts anderes gewesen als eine Formalität, die ihr die Macht, an der sie wie alle Frauen Opars hing, für den Rest ihres Lebens sicherte. An die sonstigen Begleitumstände ihres Ehelebens konnte La nur mit Abscheu und Verachtung denken. Als Tarzan trotz seines Versprechens, zurückzukehren und sich von ihrem Wohlergehen zu überzeugen, nicht wieder aufgetaucht war, blieb ihr nichts anderes übrig als zu glauben, er habe irgendwo den Dschungeltod gefunden. Und so sehr sie auch Cadj wegen seiner Brutalität haßte, mußte sie sich doch mit der Realität abfinden. Ihre Liebe zu Tarzan war zum wehmütigen Deckmantel der Erinnerung in freudlosen Nächten geworden, nicht mehr, aber auch nicht weniger. Als sie nun hörte, daß er noch lebte, brachen ihre Gefühle mit Elementargewalt wieder hervor. Die Nachricht, daß er in Gefahr war, traf sie wie ein Schlag.
»Wer will Tarzan töten?« fragte sie das Äffchen, das sich am Rande des Schwimmbeckens niedergekauert hatte.
»Cadj, wer denn sonst!« kam die Antwort.

7

Cadj und seine hundert furchterregenden Krieger schlichen lautlos durch das dichte Unterholz der Talsohle zu; sie waren bis an die Zähne bewaffnet und grimmig entschlossen, den Weißen und seine schwarzen Begleiter, deren Fährte sie verfolgten, zu töten. Sie ließen sich Zeit, denn von den hohen Wällen Opars hatten sie beobachten können, daß die Feinde nur sehr langsam vorankamen. Auch lag es nicht in Cadjs Absicht, bei Tage auf den Gegner zu treffen, er plante vielmehr eine Überraschungsattacke im Schutz der Dunkelheit.

Die Spur war unübersehbar. Sie führte zum tiefsten Punkt des Tales hinab. Kurz vor Mittag erspähten die Verfolger in einiger Entfernung eine gutbefestigte Dornenboma unter einer Gruppe von Riesenkastanien. Hier also befand sich das Lager des Affenmenschen! Cadj befahl seinen Kriegern, in Deckung zu gehen, und schickte einen Mann voraus, um die Lage zu erkunden. Dieser kam nach kurzer Zeit zurück und berichtete, daß das Lager verlassen sei. Johlend und wilde Schreie ausstoßend rannten die Krieger von Opar auf die Boma zu, denn sie hatten schon gefürchtet, einen Angriff gegen ein dornengeschütztes Lager wagen zu müssen.

Die Asche des Lagerfeuers war noch warm. Während seine Männer die ungefähre Anzahl der Feinde aus den Spuren zu schätzen versuchten, entdeckte Cadj plötzlich etwas abseits ein seltsames Bündel, das einer menschlichen Gestalt glich. Mit gezogenem Sichelschwert trat er langsam näher. Bald hatte er erkannt, was dort regungslos am Boden lag: Es war Tarzan, der Affenmensch!

»So hat der Große Sonnengot endlich gewollt, daß die Schändung seines Altars gerächt wird!« rief der Oberpriester pathetisch. In seinen Augen glühte das monomanische Feuer des Fanatikers.

Schnell beugte sich ein zweiter Priester zu dem Affenmenschen herab und hielt sein Ohr lauschend an den gewaltigen Brustkorb.

»Er ist nicht tot«, flüsterte er. »Er schläft nur!«

»Bindet ihn!« befahl Cadj, und einige Augenblicke später waren Tarzans Hände und Füße von unzerreißbaren Lianenfesseln umschlungen. Er zeigte keine Gegenwehr, er öffnete nicht einmal die Augen.

»Bringt ihn dorthin, wo ihn das Auge des Großen Sonnengottes sehen kann!« Sie zerrten Tarzans Körper in die Mitte der Boma, ins volle Sonnenlicht. Unschlüssig standen Cadjs Krieger um den Leblosen und den vor ihm knienden Oberpriester herum. Ängstlich murmelten sie halblaute Sätze vor sich hin und blickten ab und zu unsicher zum bewölkten Himmel. Nur einer von ihnen wagte es schließlich, der allgemeinen Stimmung Ausdruck zu verleihen.

»Cadj«, sagte er, »wer bist du, daß du es wagst, dem Sonnengott opfern zu wollen? Das ist das Vorrecht von La, unserer Oberpriesterin und Königin. Unmäßig wird ihr Zorn sein, wenn sie von diesem frevelhaften Opfer hört!«

»Schweig, Dooth!« herrschte Cadj ihn an. »Ich, Cadj, bin der Oberpriester von Opar. Ich, Cadj, bin der Gatte von La, der Königin. Auch mein Wort ist Gesetz! Wenn du am Leben bleiben willst, so schweig! Wenn du Priester bleiben willst, so gehorche mir willig!«

»Dein Wort ist nicht Gesetz«, erwiderte Dooth unwillig und furchtlos. »Und wenn du den Zorn von La erregst oder den Zorn des Großen Feuergottes, so wirst du wie jeder andere auch bestraft werden. Beide werden erzürnt sein, wenn du diesen hier opferst.«

»Genug!« schrie Cadj. »Der Große Gott des Feuers hat zu mir gesprochen und mir befohlen, ihm den Schänder seines Tempels zu opfern!«

Er kniete neben dem Affenmenschen nieder und berührte dessen Brust mit seinem Sichelschwert. Dann hob er die schreckliche Waffe so hoch wie möglich und verharrte einen Augenblick in dieser Stellung. Im selben Augenblick verschwand die Sonne hinter einer Wolke.

»Seht!« rief Dooth schnell. »Der Große Feuergott ist erzürnt. Er verbirgt sein Gesicht vor dem Volk von Opar!«

Cadj hielt inne. Er warf einen halb verächtlichen, halb ängstlichen Blick auf die bedeckte Sonne. Dann stand er langsam auf, streckte die Arme aus, den Kopf immer noch in den Nacken geworfen. Er schien unhörbaren Stimmen zu lauschen. Schließlich wandte er sich seinen Begleitern zu.

»Priester von Opar«, sagte er leise und bedeutungsvoll, »der Große Gott des Feuers hat zu Cadj, seinem Oberpriester, gesprochen. Er ist nicht erzürnt. Aber er möchte mit mir allein sein, und er be-

Während Cadj noch immer den Dolch zum Stoß in der Hand hielt, erschien am Ende der Lichtung La, die Oberpriesterin.

fiehlt euch deshalb, uns zu verlassen, in den Dschungel zu gehen und geduldig zu warten, bis er Cadj seinen Willen verkündet hat. Geht!«

Zögernd schlichen zunächst nur einige, dann immer mehr Priester davon. Schließlich folgte ihnen auch Dooth, nicht ohne sich mehrmals mißtrauisch umzublicken. Es war eine große Wolke, die sich vor die Sonne geschoben hatte. Während Cadj ungeduldig wartete, nahm seine Nervosität immer mehr zu. Sechsmal erhob er sein Schwert, um den tödlichen Stich auszuführen, sechsmal ließ er es wieder sinken, und ebensooft blickte er beschwörend zum Himmel. Fünf, zehn, fünfzehn Minuten verstrichen, die Sonne war und blieb unsichtbar. Aber nun entdeckte er, daß sich ein gleißender Saum am Rand der Wolke gebildet hatte. Mit dem Ausdruck dämonischen Hasses und der Vorfreude naher Rache starrte er auf das wehrlose Opfer vor sich. Zitternd vor Erregung hob er die Waffe noch ein Stück höher.

Da wurde die bleierne Mittagsstille des Dschungels von dem schrillen Ruf einer Frauenstimme unterbrochen.

»Cadj!« Der Schrei drang ebenso unvermittelt wie gebieterisch durch das Gestrüpp des Unterholzes.

Den krummen Dolch noch immer in die Höhe gestreckt, wandte sich Cadj in die Richtung, aus der die Stimme gekommen war. Am anderen Ende der Lichtung erschienen La, die Oberpriesterin, Dooth und einige andere Priester.

»Was hat dies zu bedeuten?« rief La dem verblüfften Cadj entgegen.

»Der Große Feuergott verlangt das Leben dieses Ungläubigen«, preßte er zwischen den Zähnen hervor.

»Lügner!« erwiderte La. »Der Große Gott des Feuers und der Sonne spricht zu seinen Untertanen ausschließlich durch die Zunge von La, seiner Oberpriesterin. Allzuoft schon hast du versucht, den Willen deiner Königin zu mißachten. Die Gewalt über Leben und Tod, die allein mir übertragen würde, gilt auch für deine Person! Die heiligen Annalen unserer Geschichte wissen von mehr als einem Oberpriester, der den rächenden Flammen des Großen Gottes zum Opfer gefallen ist. Es scheint, als würde bald ein weiterer die Kette dieser Tradition fortsetzen!«

Cadj steckte das Krummschwert in die Scheide. Schweigend warf er einen haßerfüllten Blick zu Dooth hinüber, dem er die Schuld

an dem überraschenden Zusammentreffen zurechnete. Zwar war er offensichtlich von der Majestät der Oberpriesterin und ihrem unbeugsamen Willen beeindruckt; wer ihn jedoch näher kannte, wußte, daß er diese Schmach nicht ohne weiteres hinnehmen würde. Viele in Opar waren überzeugt, daß La es sich auf die Dauer nicht leisten konnte, eine so mächtige Person wie Cadj öffentlich zu demütigen. Jahrelang hatte sie eine Ausflucht nach der anderen gebraucht, um ihre feierliche Vermählung mit Cadj immer wieder zu verschieben. Außerdem hatte sie einen großen Teil ihres Volkes durch eindeutige Beweise ihrer Zuneigung zu Tarzan, dem Affenmenschen, vor den Kopf gestoßen. Als sie endlich gezwungen war, einen letzten Termin für die Hochzeitswoche festzulegen, hatte sie nicht aufgehört, ihrem Haß und ihrer Verachtung Cadj gegenüber freien Lauf zu lassen. Cadj andererseits hatte all dies schon längst zum Anlaß genommen, heimlich einen Umsturzversuch vorzubereiten. Seine engste Vertraute und Komplizin war Oah, die später Las Nachfolgerin werden sollte. Sie hatte ihm versprochen, ihn später zu heiraten und als König über Opar herrschen zu lassen. Nur ihre tiefe Angst vor der Macht und Allwissenheit des Großen Feuergottes hatte die Priesterin bisher davor zurückgehalten, ihren Plan in die Tat umzusetzen. Deshalb war La jetzt noch verhältnismäßig sicher, aber der kleinste Funke konnte das Pulverfaß zur Explosion bringen.
Zwar war es durchaus rechtmäßig, wenn La die unerlaubte Opferung Tarzans durch ihren Oberpriester verbot. Aber ihre Stellung, ja ihr Leben hingen nun davon ab, welches Schicksal sie selbst ihrem weißen Gefangenen zuteil werden ließ. Verschonte sie ihn, würde das ein weiterer Beweis ihrer verbrecherischen Liebe zu dem Affenmenschen sein.
Schweigend musterten Priester und Krieger die Königin, als sie sich zu Tarzan herabbeugte.
»Ist er tot?« fragte sie.
»Als wir Cadj auf seinen Befehl verließen, lebte er noch. Wenn er jetzt tot ist, so hat Cadj ihn getötet!« sagte Dooth.
»Ich habe ihn nicht getötet«, verteidigte Cadj sich ärgerlich. »Das bleibt, wie uns La soeben erklärt hat, ihr selbst vorbehalten. Der Dolch hängt an ihrer Hüfte, das Opfer liegt vor ihr!«
La würdigte ihn keines Blickes. Zu Dooth gewandt, befahl sie: »Wenn er noch lebt, baut eine Bahre und tragt ihn nach Opar.«

So kam es, daß Tarzan doch noch nach Opar, der uralten Kolonisationsstadt des Reiches von Atlantis, gelangte. Viele Stunden lang hielt die Wirkung des Schlafmittels an, das ihm Kraski verabfolgt hatte. Als er die Augen öffnete, war es Nacht geworden. Im ersten Augenblick erschrak er vor der völligen Finsternis und Ruhe, die ihn umgab. Er konnte nur feststellen, daß er auf einem Holzhaufen lag. Die Erinnerung an die letzten Augenblicke, bevor er in tiefen Schlaf gefallen war, kehrte langsam zurück. Jetzt erst erkannte er die bösartige Falle, die ihm gestellt worden war. Wie lange er seitdem bewußtlos gelegen hatte und wo er sich befand, konnte er nicht sagen. Langsam richtete er sich auf und begann, mit den Händen vorsichtig in der Dunkelheit herumzutasten. Bald hinderte ihn eine Steinmauer am Weitergehen; nach fünf Minuten hatte er herausgefunden, daß er sich in einem kleinen unterirdischen Verlies befand. Je mehr die Wirkung des Narkotikums nachließ, desto intensiver arbeitete sein ausgeprägter Geruchssinn wieder. Er sagte ihm, daß er sich irgendwann in der Vergangenheit schon einmal in diesen vier dunklen Wänden befunden haben mußte. Als schließlich ein vielfach gedämpfter Ruf an seine empfindlichen Ohren drang, wurde sein Gedächtnis von den lebhaften Szenen eines vergangenen Kampfes überflutet – nun wußte Tarzan, daß man ihn nach Opar gebracht hatte.

Über ihm verbrachte La in ihrer Tempelkammer eine schlaflose Nacht. Nur zu gut kannte sie die Gesinnung ihres Volkes; auch Cadjs Verschwörung war ihr nicht verborgen geblieben. Sie kannte den religiösen Fanatismus, der von Zeit zu Zeit, ähnlich der Blutgier einer wilden Bestie, nach einem Opfer verlangte. Gab sie diesen Instinkten nicht nach, so würde sie das ihre hohe Stellung, wenn nicht ihr Leben kosten. Während sie sich ruhelos von einer Seite zur anderen wälzte, suchte sie verzweifelt einen Ausweg aus diesem Dilemma. Tarzan eigenhändig opfern zu müssen oder ihn von anderen hingemetzelt zu sehen, war ein zu schrecklicher Gedanke, um ihr als echte Möglichkeit zu erscheinen. Denn wenn sie auch die Oberpriesterin bestialischer Sonnenanbeter war, so war sie doch gleichzeitig eine Frau – eine Frau, die nur einmal in ihrem Leben ihr Herz verschenkt: und sie hatte das ihre vor Jahren Tarzan geschenkt, schon in dem Augenblick, als sie seine hünenhafte Gestalt zum erstenmal erblickte. Zweimal war er ihrem Opfermesser entkommen, bevor ihre Leidenschaft über

Fanatismus und Eifersucht gesiegt hatte. Immer noch liebte sie ihn, obwohl sie wußte, daß ihre Lage hoffnungslos war.
Zweimal schon hatte Tarzan ihr das Leben gerettet – einmal hatte er sie Tantor, dem Elefanten, entrissen, ein andermal schützte er sie vor einem amoklaufenden Priester. Damals hatte sie versprochen, daß Tarzan bei seinem nächsten Besuch in Opar als Gast empfangen würde. Aber der Einfluß Cadj war groß, und La wußte, daß er mit allen Mitteln auf Tarzans Tod sann, schon um ihn aus ihrem Herzen zu verbannen.
Plötzlich trat eine Dienerin unter den Bogen des Eingangsportals. Lautlos bewegte sie sich auf das Lager der Oberpriesterin zu.
»Dooth will dich sprechen«, flüsterte sie.
»Es ist schon spät«, erwiderte La.
»Er sagt, daß er hergekommen ist, um La zu dienen, die sich in großer Gefahr befindet.«
»Laß ihn herein. Und wenn du leben willst, sagst du niemandem ein Wort von diesem Besuch.«
»Ich werde schweigsam sein wie die Steine des Altars«, wisperte das Mädchen und huschte nach draußen.
Sekunden später stand Dooth vor dem Bett seiner Oberpriesterin. Er begrüßte sie mit einer tiefen Verbeugung.
»Sprich!« befahl sie.
»Wir alle wissen von Las Liebe zu dem Affenmenschen, und es ist nicht meine Absicht, die Gedanken oder Handlungen unserer Königin zu beurteilen. Nur zu dienen ist meine Aufgabe, wie auch diejenigen besser daran täten, La zu dienen, die jetzt gegen sie verschworen haben.«
»Wer ist es?«
»In diesem Augenblick schmieden Cadj, Oah und einige geringere Priester und Priesterinnen den Plan zu deinem und meinem Untergang. Sie haben bereits Spitzel aufgestellt, die dich dabei beobachten sollen, wie du dem Affenmenschen die Freiheit schenkst. Die einen hoffen, die anderen fürchten, alle sind sicher, daß du es tun wirst. Bald wird ein verräterischer Abgesandter bei dir erscheinen und dich bereden wollen, daß es das einfachste sei, Tarzan heimlich freizulassen. Er wird dann bezeugen, er habe gesehen, wie du selbst Tarzan die Fesseln gelöst und ihn in die Freiheit geführt hast. Aber selbst wenn du dies tust, wird es dir nichts nützen, denn Cadj hat viele Krieger um Opar herum auf-

gestellt, um die Flucht des Affenmenschen zu verhindern. Noch gibt es einen Weg, wie du, La von Opar, dich retten kannst.«
»Und wie?«
»Du mußt Tarzan eigenhändig auf dem Altar unseres Tempels dem Großen Feuergott opfern.«

8

Das Frühstück wollte La nicht so recht schmecken. Nachdenklich knapperte sie an einer kandierten Banane, als Besuch gemeldet wurde. Es handelte sich um eine junge Priesterin, genauer gesagt um Oahs Schwester.
Noch bevor die rituellen Begrüßungsworte gesprochen waren, wußte La, daß das Mädchen Cadjs Abgesandte war und daß die Palastintrige, vor der Dooth sie gewarnt hatte, nun begann. Das Mädchen war nur ahnungsloses Werkzeug in diesem Ränkespiel. Der Zwiespalt des Gewissens stand ihr auf der hübschen Stirn geschrieben. Denn einerseits verehrte sie La und fürchtete sie wegen ihrer unbeschränkten Machtbefugnisse, andererseits zwangen sie die Bande des Blutes, an der Konspiration teilzunehmen.
La wartete in aller Ruhe, bis das Mädchen sich gefaßt hatte. Cadj schien sie wohl nicht für eine ernstzunehmende Gegenspielerin zu halten, daß er das Gefecht mit so schwachem Kaliber eröffnete. La nahm sich vor, ihn eines Besseren zu belehren und beschloß, im Augenblick die ihr zugedachte Rolle voll auszuspielen. Da das Mädchen sich immer noch bei der etwas langatmigen Einleitung aufhielt, unterbrach sie sie kurzerhand: »Ich freue mich, die Schwester Oahs nach längerer Zeit wieder einmal in meinen Gemächern zu sehen, und noch dazu freiwillig. Sollte sie sich ihrer Pflichten im Dienst des Feuergottes stärker bewußt geworden sein, würde ich als seine höchste Priesterin dies sehr begrüßen!«

Die junge Priesterin freilich war viel zu verwirrt, um Las Ironie zu bemerken, und nahm deren Worte zum Anlaß, in vertraulichem Ton die eingelernte Botschaft von sich zu geben:
»Ich habe etwas gehört, das dich interessieren wird. Es handelt sich um den großen fremden Mann, der sich Tarzan nennt. Zufällig wurde ich Zeugin eines Gesprächs, das Cadj mit einem der unteren Priester führte. Dabei sagte er, er hätte gar nichts dagegen, wenn der Affenmensch fliehen würde. Das würde ihm und, wie er hinzufügte, auch dir viel Aufregung ersparen. Ich könnte mir denken, daß es wichtig für dich ist, dies zu hören, denn schließlich wissen wir alle, daß du durch einen Freundschafts-

»Du bist in Gefahr!« raunte die Stimme. »Man will dich töten, Mann aus dem Dschungel.«

schwur an Tarzan gebunden bist und ihn nur ungern auf dem Altar des gefräßigen Feuergottes opfern möchtest.«
Gespannt erwartete sie die Antwort Las. Wenn überhaupt, dann mußte sie sich jetzt verraten. Doch die Oberpriesterin dachte nicht im Traum daran, ihr den Gefallen zu tun.
»Ich kenne meine Pflichten besser als jeder andere«, erwiderte sie barsch. »Ich brauche weder Cadj noch ein törichtes junges Mädchen« – bei diesen Worten sah sie die junge Priesterin, die angstvoll erbleichte, scharf an –, »um zu wissen, was ich zu tun habe. Das Recht, Menschen zu opfern, besitzt niemand in Opar außer mir. Nur aus diesem Grund habe ich meinen Gatten davon abgehalten, Tarzan zu töten und und einen Frevel auf seine Seele zu laden, der nur schwerlich zu sühnen wäre. Was den Affenmenschen betrifft, gibt es für mich keinen Grund, ihn zu schonen. Er wird auf dem Altar des Feuergottes sterben, wenn die Zeit gekommen ist, und zwar durch meine Hand. Möchtest du noch mehr wissen?«
Das Mädchen schwieg betreten. Die Antwort Las hatte ihre Mission zum Scheitern gebracht. Es gab nichts mehr für sie zu tun. Denn für diesen unvorhergesehenen Fall hatte ihr Cadj keinerlei Direktiven gegeben. Sie schaffte es gerade noch, eine ziemlich lahme Ausrede zusammenzustottern, bevor sie sich unter übertriebenen Höflichkeitsbezeugungen zurückzog.
La konnte ein triumphierendes Lächeln nicht unterdrücken. Der erste Angriff war pariert.

Als Oahs Schwester in Cadjs Haus angekommen war, berichtete sie eilends, was sich ereignet hatte. Der Oberpriester schäumte zunächst vor Wut, dann stellten sich Niedergeschlagenheit und starkes Übelkeitsgefühl ein, wohl die Folge eines verschleppten Magengeschwürs. Um Tarzan war es seiner Meinung nach nicht schade. Doch daß es ihm nicht gelingen konnte, La zu einer Handlung zu bewegen, die den Zorn der Leute von Opar auf sie lenken würde, erbitterte ihn sehr. Denn eine solche Gelegenheit, sich seiner Frau zu entledigen, bot sich nicht jeden Tag. Vor allem nicht in Opar. Ohne triftigen Grund war keiner der Bewohner der vergessenen Stadt bereit, Hand an die Oberpriesterin zu legen, und diese würde sich auch in Zukunft hüten, irgendwelchen Anlaß dazu zu geben. Auch Oah, die sich schon an Las Stelle gesehen

hatte, knirschte zornig mit den Zähnen und starrte böse ihre Schwester an, als ob diese das Malheur verschuldet hätte.
Und doch war sie es, die als erste wieder eines klaren Gedankens fähig war. Als Frau, die sie immerhin war, kam ihr Las Reaktion nun doch eine Spur zu pflichtbewußt vor. Es mußte noch einen anderen Weg geben.
Blitzschnell heckte sie eine neue Teufelei aus, die sie den höchst verblüfften Mitverschwörern unverzüglich mitteilte.
»Hört zu«, sagte sie, »es mag sein, daß La aus Pflichtbewußtsein ihrem Volk und ihrem Amt gegenüber bereit ist, den Fremden zu opfern. Trotzdem liebt sie ihn nach wie vor – und zwar mehr als sie dich, Cadj, je lieben wird. Und genau das ist es, was Tarzan weiß und worauf er die Hoffnung gründet, mit ihrer Hilfe doch noch zu entkommen. Wir werden uns diesen Umstand zunutze machen. Wir werden ihm einen Boten in das Gefängnis schicken. Dieser wird ihm weismachen, La habe ihn zu seiner Befreiung gesandt. Er wird sich anbieten, Tarzan aus Opar herauszuführen und ihn in Sicherheit zu bringen. In Wirklichkeit aber wird er ihn in einen Hinterhalt führen, wo wir ihm auflauern und ihn töten werden. Und danach gehen wir alle zu Las Haus und nennen sie vor den Augen des Volkes eine Verräterin. Unser Verbündeter wird ein Dutzend Meineide schwören, er habe auf Las Befehl gehandelt. Niemand wird La vor dem Tod auf dem Altar des Feuergottes retten können, wenn wir für die rechte Stimmung sorgen!
Cadj war begeistert. »Genauso soll es geschehen«, rief er. »Am besten gleich morgen in aller Frühe.«
Oah stieg in seiner Achtung um ein beträchtliches. Der Gedanke, daß sich ihre fraglose Begabung zum Bösen in der Zukunft vielleicht auch einmal gegen ihn wenden könnte, kam ihm, dem alten Intriganten, seltsamerweise nicht.
Tarzan hatte sich nach einem ereignislosen Gefängnistag ein wenig zur Ruhe gelegt. Er war solche Situationen gewöhnt und machte sich nichts mehr daraus. Seine gesunde Natur ließ ihn den traumlosen Schlaf des Gerechten genießen.
Doch in dieser Nacht sollte er nicht ungestört bleiben. Er erwachte von einem Geräusch. Jemand machte sich an der Zellentür zu schaffen, die nach kurzer Zeit knarrend zur Seite schwang. Es war stockdunkel. Tarzan konnte nichts erkennen. Nur das leise

Geräusch sandalenbekleideter Füße verriet die Anwesenheit einer Person in seinem Verließ. Tarzan dachte gerade daran, sich auf den Eindringling zu stürzen, als er die sanfte Stimme einer Frau leise seinen Namen flüstern hörte. Das änderte die Sachlage erheblich.

»Ja, ich bin hier«, flüsterte er leise zurück. »Wer bist du, und vor allem, was willst du von mir?«

»Du bist in Gefahr!« raunte die Stimme. »Man will dich töten, Mann aus dem Dschungel. Komm mit mir, ich bringe dich fort.«

Doch so leicht war Tarzan nicht zu überzeugen. Er legte Wert darauf, zu wissen, mit wem er es zu tun hatte. Da er beim besten Willen nichts sehen konnte, blähte er prüfend seine Nüstern. Doch außer einem schweren, jasminduftenden Parfüm von der Art, wie es die meisten Priesterinnen von Opar bevorzugten, nahm er nichts wahr, das ihm Aufschluß über die Identität seiner späten Besucherin hätte geben können.

»La schickt mich zu dir«, drängte die Stimme. »Ich soll dich von Opar wegführen. Hier sind deine Waffen!«

Tarzan nahm sie und überprüfte sie mit schnellem Griff. Es war alles in Ordnung.

Ohne weiteres Sträuben folgte er dem Mädchen, das seine Hand ergriff und ihn mit großer Ortskundigkeit führte. Sie gingen durch endlose düstere und feuchte Korridore, stiegen unzählige halbverwitterte Stufen hinauf und hinunter und krochen durch uralte Schächte, die vor ihnen jahrhundertelang keines Menschen Fuß betreten haben mochte. Allmählich verlor Tarzan jede Übersicht. Er konnte nur noch hoffen, daß seine unbekannte Führerin wirklich eine Botin von La war. Denn er kannte sonst niemand in Opar, der Grund hatte, ihm wohlgesonnen zu sein. Und immerhin hatte La ihn ja vor Cadj gerettet, nachdem dieser ihn bewußtlos in der Boma der Europäer gefunden hatte. Das hatte er den Worten Dooths entnommen, der ihn in der Zwischenzeit mit frischen Bananen versorgt hatte.

Was blieb ihm also übrig, als willig und vertrauensvoll der zielstrebig vorangehenden Frau zu folgen? Sie befanden sich bereits gut eine Stunde in dem unterirdischen Labyrinth, als sie zu einer langsam ansteigenden Treppe gelangten, die ins Freie zu führen schien.

Plötzlich standen sie inmitten eines undurchdringlichen Dornen-

dickichts, das kaum dem fahlen Licht des Mondes Durchlaß bot. Eine linde, aber frische Brise bestätigte Tarzan, daß sie die Erdoberfläche erreicht hatten.
Die Frau – oder das Mädchen – hatte während der ganzen Zeit keinen Laut von sich gegeben und hüllte sich auch weiterhin in Schweigen.
Ohne ihm Gelegenheit zu einer Frage zu geben, eilte sie unverdrossen voran, auf den schmalen Fußpfad zu, der sich in Serpentinen durch einen mit dichtem Unterholz bewachsenen Wald langsam aber stetig aufwärts wand.
Tarzan, ständig bemüht, sich zu orientieren, vermutete, daß der Weg auf die hinter Opar liegenden Berge führte. Nie zuvor hatte diese Gegend sein Interesse erweckt, da sie aus der Ferne unwirtlich und abweisend gewirkt hatte. Erst jetzt bemerkte er, daß er sich getäuscht hatte. Es war nur von der Stadt aus nicht möglich gewesen, sich ein Bild von der wildwuchernden Vegetation zu machen, die in Wirklichkeit dieses Gebiet überzog. Staunend trottete Tarzan hinter seiner immer noch schweigenden Führerin her. Die letzten Sterne verschwanden bereits hinter dem Schleier der Morgendämmerung, als die beiden, etwas atemlos durch den Aufstieg, ein schmales Plateau erreichten.
Die vorangehende Frau blieb am Abgrund stehen und blickte in die Tiefe. Tarzan tat es ihr gleich. Unter ihnen breitete sich dichter Dschungel aus, der ein von Bergen umgebenes Becken füllte. Einige Meilen dahinter glitzerte das Dach eines silhouettenhaft erkennbaren Gebäudes.
Plötzlich drehte sich die Frau um. Tarzan konnte einen Laut der Verblüffung nicht unterdrücken. Denn vor ihm stand La, die Oberpriesterin von Opar.
»Was willst du denn hier?« rief er, nicht gerade begeistert über dieses, wie ihm schien, allzudeutliche Zeichen weiblicher Unvernunft. »Jetzt braucht Cadj sich keinen Vorwand mehr aus den Fingern zu saugen, um dich auf die Seite zu schaffen. Daran hast du wohl nicht gedacht?«
»Durchaus«, erwiderte La und lächelte ein wenig über Tarzans aufbrausende Worte, »doch ich denke gar nicht daran, jemals wieder nach Opar zurückzukehren, Tarzan. Ich bleibe bei dir, ob du mich willst oder nicht. Ich verlange nicht, daß du mich liebst. Aber es wäre sehr nett von dir, wenn du mich möglichst

weit von der verbotenen Stadt wegbringen würdest. Gehen wir also.«
»Und wohin, wenn ich fragen darf?« warf Tarzan ein. »Ich habe keine Ahnung, wo wir uns befinden.«
»Wir befinden uns an der Grenze eines unbekannten Landes«, erklärte ihm La. »Eines Landes, das selbst den Bewohnern von Opar seit jeher verschlossen war. Kein Mensch weiß, was sich dort abspielt. Die wenigen, die je die Grenze überschritten, sind nie zurückgekommen. Monster und Fabelwesen sollen es bevölkern, aber keiner hat sie je gesehen. Auch ich habe Angst, dieses Land zu betreten. Und wüßte ich dich nicht an meiner Seite, Tarzan, ich würde es nie wagen. Wenn überhaupt ein sterbliches Wesen in der Lage ist, ohne Schaden dieses Tal zu durchqueren, so bist du es.«
Auch Tarzan war nur ein Mensch und obendrein ein Mann und als solcher weiblicher Bewunderung durchaus zugänglich. Trotzdem dachte er nicht daran, sich blindlings in ein ungewisses Schicksal zu stürzen. Das war er, wenn nicht sich selbst, so doch seiner Familie schuldig. Deshalb versuchte er, weitere Informationen von seinem hübschen Gegenüber zu erhalten.
»Wie kommt es dann, daß du den Weg bis hierher so gut kennst?« fragte er zweifelnd.
»Bis zu diesem Punkt schon, aber eben nicht weiter. Der Weg, den wir gekommen sind, wird von den großen Menschenaffen und den Löwen benutzt, die von Zeit zu Zeit in Opar auftauchen. Die Löwen zu fragen, woher sie kommen, ist kaum möglich, und die Affen schweigen sich seit jeher darüber aus, da wir uns im Krieg mit ihnen befinden. Wenn wir uns überhaupt so weit vorwagen, dann nur, um ihnen aufzulauern und sie gefangenzunehmen, bevor sie unsere eigenen Leute verschleppen. Früher, als wir noch meist die Oberhand behielten, pflegten wir viele der großen Affen dem Feuergott zu opfern. In letzter Zeit aber waren es gewöhnlich sie, die siegreich blieben und Gefangene machten. Was mit diesen geschieht, weiß niemand. Manche meinen, sie fressen sie auf, aber es gibt keine Beweise dafür. Im übrigen sind sie sehr kriegerische Naturen, größer als normale Gorillas und haben wahrscheinlich Menschenblut in den Adern. Mehr kann ich dir wirklich nicht über sie sagen.«
Tarzan dachte intensiv nach. Die Aussicht, sich mit diesen Ber-

serkern anlegen zu müssen, behagte ihm gar nicht sehr. Wäre er allein gewesen, hätte ihn die Tatsache, daß Cadj mit seinen Kriegern höchstwahrscheinlich alle anderen Ausgänge versperrt hatte und auf ihn lauerte, nicht zu beeindrucken vermocht. Es wäre ihm sicher gelungen, sie auf irgendeine Art zu überlisten. Aber nun hatte La sich ihm anvertraut, und es entsprach nicht seiner Art, ihre Bitte um Schutz schnöde abzuschlagen.

Außerdem hatte er durchaus keine Lust, wieder nach Opar zurückzugehen.

Am vernünftigsten schien es angesichts der Lage der Dinge, das unbekannte Tal auf dem kürzesten Weg zu durchqueren und sich so weit wie möglich von dem Gebäude entfernt zu halten, das sich in einiger Entfernung über die Bäume erhob.

Doch je öfter er sein scharfes Auge dorthin schweifen ließ, um so stärker wurde die Faszination, die davon ausging. Sein Forscherdrang ließ sich nur schwer zurückhalten, wenn er daran dachte, daß es sich vielleicht um ein Bauwerk der alten Atlantier handeln könnte, älter noch als die Ruinen Opars. Der Baustil und die wenigen Einzelheiten, die aus der Entfernung zu erkennen waren, gaben seiner Vermutung einen hohen Grad von Wahrscheinlichkeit.

Tarzan war von Natur aus furchtlos, aber keineswegs leichtsinnig. Dazu waren die Instinkte und die angeborene Vorsicht seiner tierischen Brüder viel zu wach in ihm. Auch Gegnern dieser Art fühl- er sich deshalb gewachsen, egal in welcher Zahl sie auftraten. Gefährlich wurde es nur, wenn er auf Wesen traf, die ihre Aktionen zu koordinieren wußten wie die Menschen. Diese Möglichkeit aber schätzte Tarzan ziemlich gering ein. Es war äußerst unwahrscheinlich, daß menschenähnliche Kreaturen das abgeschlossene Tal bewohnten, und alles sprach dafür, daß das mysteriöse Gebäude sich als längst verlassene Ruine herausstellen würde. Die Monster und Fabelwesen aus Las Erzählung hatte er ohnehin im Verdacht, ganz gewöhnliche Affen und Löwen zu sein. Mit ersteren konnte er sich unschwer verständigen, und die letzteren fürchtete er nicht.

So entschloß er sich, den geraden Weg durch das Tal zu nehmen und begann unverzüglich, sich auf den Abstieg zu machen. La, der er seine Pläne vorerst nicht bekanntgeben wollte, zögerte, ihm zu folgen.

»Wo gehst du hin?« fragte sie voller Angst. »Der Feuergott allein weiß, was uns dort unten erwartet.«
Tarzan aber achtete nicht auf ihre Einwände und strebte zielbewußt talwärts. Es blieb La schließlich nichts übrig, als ihm langsam mit einem Stoßgebet auf den Lippen zu folgen.
Sosehr sie auch auf Tarzans wunderbare Fähigkeiten vertraute, erschien ihr doch ihr Schicksal ungewisser als je zuvor.
Tarzans Vorsicht wuchs mit jedem Schritt, den er auf den unbekannten Boden setzte. Aufmerksam suchte er den harten Lehmgrund nach Spuren etwaiger Lebewesen ab. Doch außer verstreuten Anzeichen von Kleinwild und einigen Raubkatzen bemerkte er nichts Besonderes. Von Zeit zu Zeit machte er halt und ließ den Wind prüfend durch seine weitgeöffneten Nüstern streichen. Auch seine Gehörorgane waren aufs äußerste angespannt.
Sie waren schon ein gutes Stück Weg vorangekommen, als er plötzlich anhielt. »Wir sind nicht allein hier«, teilte er La mit, die sofort ängstlich nach seiner Hand suchte. »Schon seit einiger Zeit habe ich das sichere Gefühl, daß uns jemand beobachtet. Und zwar so geschickt, wie ich es noch nie erlebt habe. Ein anderer hätte bestimmt noch keinen Verdacht geschöpft.«
La schmiegte sich, die Gelegenheit nutzend, eng an ihn.
»Ich sehe nichts.«
»Ich auch nicht«, mußte ihr Beschützer zugeben, »und doch ist es, wie ich sage: Wir werden verfolgt. Warte hier«, fügte er hinzu, »ich will mir Gewißheit verschaffen.«
Mit diesen Worten ergriff Tarzan eine herabhängende Liane und schwangen sich in eine Baumkrone.
Kaum eine Minute später kam er zurück, und ohne lange Erklärungen abzugeben, nahm er La auf seine breiten Schultern. Er schien seine Last kaum zu spüren, während er zügig von Liane zu Liane hangelte und auf diese Art dem unbekannten Verfolger jede Möglichkeit nahm, auf ihrer Spur zu bleiben.
La konnte sich nicht genug über Tarzans Stärke und Gewandtheit wundern. Eng an ihn geklammert, genoß sie das unsagbar schöne Gefühl, ihm nahe zu sein, das nur ein klein wenig durch das Bewußtsein der drohenden Gefahr getrübt wurde.
Eine halbe Stunde schwebten sie so durch die höheren Regionen des Dschungels, bis Tarzan auf einem weitausladenden Ast Rast machte.

Tarzan hielt plötzlich inne: »Wir sind nicht allein hier«, teilte er La mit, die sofort ängstlich nach seiner Hand suchte.

»Dort!« Er zeigte nach unten.
Durch das Laubdach des Baumes erkannte La schemenhaft die Umrisse einiger Hütten.
Sie waren nach dem Prinzip der Bienenkörbe konstruiert, das bei den Stämmen Innerafrikas sehr verbreitet ist, und hingen an starken Grasseilen von den unteren Ästen der großen Laubbäume. Ein etwas dünneres Seil stellte eine gangbare Verbindung zum Erdboden her.
Vom erhöhten Standpunkt der beiden heimlichen Beobachter aus waren die Eingänge zu den Körben nicht erkennbar.
Doch es war klar, daß sie die Behausungen der seltsamen Wesen darstellten, die sich in ihrer unmittelbaren Nähe auf dem Boden tummelten. Ihr Aussehen entsprach durchaus der ungewöhnlichen Wohnweise. Sie waren zwar von negroidem Äußeren, doch was den Körperbau betraf, grundverschieden von allen Lebewesen, die Tarzan je gesehen hatte. Keinerlei Schmuck bedeckte ihre völlige Blöße. Lediglich ein paar willkürliche Farbstriche auf der nackten Haut konnten als Anzeichen individuellen Gestaltungswillens gedeutet werden. Ansonsten waren sie groß, durch und durch muskulös, aber für menschliche Verhältnisse ziemlich unvorteilhaft proportioniert: Ihre Beine waren extrem kurz, während die Arme überentwickelt schienen. Die Gesichter erinnerten vor allem wegen der fliehenden Stirnen, der übermäßig ausgeprägten Kinnbacken und des etwas stumpfsinnigen Ausdrucks auffällig an die Rekonstruktionen prähistorischer Menschenrassen, die Tarzan dereinst in Londoner Museen bestaunt hatte.
Die Mitglieder des primitiven Stammes waren mit der Nahrungsaufnahme beschäftigt. Das unkultivierte Schmatzen, mit dem sie rohe Fleischstücke von den Knochen einer großen Antilope rissen, legte davon beredtes Zeugnis ab. Vertreter aller Generationen und Geschlechter beteiligten sich mit gleicher Inbrunst an diesem Vorgang. Dazwischen gaben sie manchmal grunzende Laute von sich, die keinerlei Ähnlichkeit mit einem der Tarzan bekannten Idiome aufwiesen. Auch durch ihren offensichtlichen Mangel an Humor unterschieden sie sich von den üblichen Bewohnern Afrikas. Kein Lachen, kein Scherzwort erhellte ihre düsteren Mienen. Es war, als ob sie sich der bedauerlichen Tatsache, die Schwelle zum Menschentum noch nicht sehr weit überschritten zu haben, schmerzlich bewußt wären.

Tarzan hätte es nie für möglich gehalten, auf Leute zu treffen, die einer derart niedrigen Entwicklungsstufe angehörten. Selbst die Einwohner von Pal-ul-don waren schon zu weit entwickelt gewesen, um Darwins kühne Thesen direkt bestätigen zu können. Diese Primitiven aber kannten offenbar noch nicht einmal die Kunst, Feuer zu entfachen, denn so weit er auch schaute, nirgendwo war eine Feuerstelle zu sehen.

Für die Waffen, die von hervorragender Machart waren und griffbereit neben ihnen auf dem Boden lagen, konnte Tarzan im Augenblick ebensowenig eine Erklärung finden, wie für die exakte Bauweise der Wohnhütten und des festen Walls, der die kleine Siedlung gegen Löwen schützen sollte.

Er kam auch gar nicht dazu, weiter seinen Gedanken über die Rätsel der menschlichen Evolution nachzuhängen.

Ein barbarischer Schrei kündigte nämlich unvermuteten, und, wie die Reaktion des kleinen Völkchens bewies, durchaus nicht angenehmen Besuch an.

»Das ist Bolgani, der Gorilla«, flüsterte Tarzan in Las erschauerndes Ohr.

Es war tatsächlich ein Gorilla, der sich mit einem Satz aus dem Dschungel schwang, aber was für einer!

Nicht nur, daß er den aufrechten Gang eines vormaligen preußischen Gardesoldaten an den Tag legte, er besaß auch die Statur und mindestens den doppelten Umfang eines solchen. Auch wenn man das Gesicht näher in Augenschein nahm, war die Ähnlichkeit verblüffend – ein Affe mit den Grundzügen menschlichen Bewußtseins! Nicht einmal was die Prunksucht betraf, brauchte er den Vergleich zu scheuen: Er war über und über mit kostbaren Pretiosen, teils aus massivem Gold, teils diamantenbesetzt, behängt. Tarzan konnte sich nicht erinnern, jemals Schmuckstücke von solchem Wert und solcher Schönheit an einem weniger geeigneten Träger gesehen zu haben. Selbst die Schatzkammern von Opar bargen nur Tand und Flitter gegenüber dieser so selbstverständlich entfalteten Pracht.

Der Auftritt des Überaffen erregte bei den Schwarzen keineswegs die verdiente Bewunderung, sondern nichts als Furcht und Schrekken. Während die Frauen und Kinder eilig in den großen Körben verschwanden, liefen einige Männer auf das Tor des Schutzwalls zu. Der Supergorilla verzichtete darauf, erneut zu brüllen. Er gab den herbeieilenden Männern nur ein knappes Kommando in der Sprache der großen Menschenaffen. Zwar sprach er einen ausgeprägten Dialekt, doch konnte Tarzan immerhin die wesentlichen Punkte seiner Rede gut verstehen.

9

Nachdem der Gorilla die Befestigungsanlage betreten hatte, schlossen die Krieger eilfertig die Tore. Bei jedem Schritt, mit dem die furchterregende Gestalt sich ihnen näherte, beugten sie sich rhythmisch ein Stückchen tiefer. In der Mitte des Dorfes stand der Gorilla still, blickte sich suchend um und befahl herrisch:
»Wo sind die Weiber und die Balus?«
Obwohl Frauen und Kinder diesen lauten Befehl gehört haben mußten, kamen sie nicht aus ihren Verstecken hervor. Schwankend zwischen Pflicht und Neigung starrten die Krieger unschlüssig vor sich hin.
»Ruft sie oder holt sie!« brüllte jetzt der Bolgani. Schließlich wandte sich einer der Gomangani mit zitternder Stimme an ihren Unterdrücker.
»Unser Dorf hat seinen monatlichen Beitrag doch schon geleistet. Ein anderes Dorf ist an der Reihe!«
»Ruhe!« schrie der Menschenaffe und ging drohend auf den Aufmüpfigen zu. »Du wagst es, einem Bolgani zu widersprechen? Ich rede als Diener von Numa, dem Kaiser aller Dinge. Gehorch oder stirb!«
Stumpf und blöde drehten sich die Krieger um und schlichen auf die Verstecke ihrer Kinder und Frauen zu. Als sie wieder zum Vorschein kamen, zerrte jeder von ihnen eine Frau oder ein wehrloses Kind hinter sich her, manchmal am Arm, meistens aber an den langen, ungepflegten Haaren. Obwohl sie eben noch gezögert hatten, ihre Angehörigen preiszugeben, zeigten sie ihnen gegenüber jetzt keinerlei Schonung oder Zartgefühl. Dieser Widerspruch, der Tarzan zu denken gab, löste sich jedoch bald durch die Worte eines der Gomangani.
»Großer Bolgani«, sagte er, »wenn Numa weiter dieses Dorf bevorzugt, werden wir bald keine Frauen für unsere Krieger mehr haben, dann keine Kinder mehr, und zuletzt wird unser Dorf leer und ausgestorben sein!«
»Unwürdiger, du wagst es?« schrie der Bolgani aufgebracht. »Es gibt sowieso zu viele Gomangani auf der Welt! Wozu seid ihr geboren, wenn nicht dazu, dem großen Numa zum Fraß vorgeworfen zu werden?« Während er noch sprach, musterte er die

Tarzan hob den Blick und rief, zu Las Versteck gewandt: »La, mein Weib, komm herunter und genieße die Gastfreundschaft dieses Dorfes.«

angetretenen Frauen und Kinder mit kritischen Blicken. Dann sprang er auf eine junge Mutter zu, die ein schreiendes Kleinkind im Arm hielt.
»Diese hier hat Numa ausgewählt«, sagte er, packte das Kind und schleuderte es gegen die Palisaden, so daß es still, aber noch zukkend liegen blieb. Einen Augenblick lang starrte die Mutter auf das unförmige kleine Bündel und stürzte sich dann schreiend darüber. Der Gorilla bekam sie mit einer schnellen Drehung an der Ferse zu packen und wirbelte sie herum.
In diesem Augenblick ertönte aus einem der angrenzenden Urwaldriesen ein gellender Schrei. Alle blickten nach oben. Es war der Kampfschrei eines Orang-Utan-Bullen. Fast direkt über ihnen saß auf einem wippenden Ast ein Wesen, wie es noch keiner von ihnen je gesehen hatte: ein Weißer, ein Tarmangani, mit einem Fell, das ebenso haarlos war wie jenes von Hista, der Schlange. Und während sie hochblickten, stieß der rechte Arm des Tarmangani mit der Schnelligkeit eines Blitzes auf sie herab – und fast gleichzeitig hatte sich auch schon ein Speer mitten in die Brust des Bolgani gebohrt.
Mit einem einzigen Schrei der Wut und des Schmerzes taumelte der Bolgani zu Boden, wo er nach einigen krampfhaften Zuckungen verschied.

Zwar verspürte Tarzan den Gomanganis gegenüber keine große Zuneigung, aber seine typisch englische Gefühlswelt reagierte allergisch auf jeglichen Bruch des fair play. Schon immer hatte er ohne zu zaudern die Partei des Schwächeren ergriffen, egal, ob es sich um menschliche oder tierische Kreaturen handelte. Außerdem war der Bolgani seit jeher sein Erbfeind: Der erste Gegner, den er – in Notwehr – getötet hatte, war schließlich ein Bolgani gewesen.
Als Tarzan zu den Gomangani herabsprang, standen sie immer noch regungslos da, in dumpfes Staunen versunken. Langsam wichen sie zurück, mit erhobenen Speeren und offenen Mündern.
»Ich bin euer Freund«, sagte er einfach. »Ich bin Tarzan, der Affenmensch. Senkt eure Speere.« Darauf drehte er sich um und zog seine Waffe aus der Brust des toten Bolgani. »Warum laßt ihr euch von einem einzigen Bolgani eure Kinder töten und eure Frauen verschleppen?«

»Ich bin euer Freund«, rief Tarzan, »senkt eure Speere!« Darauf drehte er sich um und zog seine Waffe aus der Brust des toten Bolgani.

Der Gomangani, der schon vorhin als einziger zu sprechen gewagt hatte, ergriff das Wort.
»Aber er ist einer von den großen Bolgani, dem auserwählten Volk von Numa, dem Kaiser des Dschungels!«
»Und wenn Numa erfährt, daß er in unserem Dorf getötet wurde, werden wir alle sterben müssen«, murmelte nun ein anderer Krieger voller Furcht.
»Wer ist Numa?« fragte Tarzan, für den das Wort Numa in der Buschsprache nichts anderes als »Löwe« bedeutete.
»Numa ist der Kaiser, der mit den Bolgani im Palast der Diamanten lebt!«
Dies waren natürlich nicht die genauen Worte, die der Krieger gebrauchte. Tatsächlich hatte er gesagt: »Numa, der König der Könige, der mit den Bolgani in der Königshütte der glitzernden Steine lebt.« Aber die überlegene Intelligenz Tarzans hatte die wahre Bedeutung dieses Satzes sofort erfaßt: Numa schien der angenommene Name des Anführers der Bolgani zu sein.
Tarzan nahm sich nun, ohne die einen Halbkreis bildenden Dorfbewohner eines Blickes zu würdigen, des verletzten Kindes an. Mit stumpfsinnigem Blick beobachtete ihn die Mutter. Bald hatte er festgestellt, daß das Kind nur ein paar Schürfwunden davongetragen hatte, und gab es der sichtlich dankbaren Mutter zurück.

Hinter seinem Rücken hatten die Gomangani murmelnd Kriegsrat gehalten. Während er sich wieder ihnen zuwandte, sagte einer gerade: »Die Bolgani werden Leute schicken und uns alle töten. Wir haben nur eine Möglichkeit. Wir müssen den töten, der unseren Herrn umgebracht hat. Deshalb, Tarmangani, wirst du jetzt mit uns zum Palast der Diamanten gehen, und dort werden wir dich den Bolgani übergeben. Dann verzeiht uns Numa vielleicht.«
Der Affenmensch lächelte. Wofür hielten ihn diese Wilden? Er, der wahre König des Dschungels, sollte sich freiwillig in die Höhle des Löwen begeben, feierlich von einer Horde Urmenschen eskortiert. Als er dieses kümmerliche Dorf betreten hatte, war er sich des Risikos sehr wohl bewußt gewesen. Er kannte seine eigene Stärke genau und war sicher, im Ernstfall unverletzt entkommen zu können. Indes, seine Pläne gingen in eine andere Richtung. Besänftigend sprach er: »Wartet! Wollt ihr tatsächlich einen Freund töten, der euch von eurem Feind befreit hat?«

»Wir werden dich nicht töten. Wir bringen dich nur Numa, dem Kaiser.«

»Aber das läuft auf das gleiche hinaus! Denn dann wird Numa mich töten!«

»Das können wir nicht ändern. Denn sonst muß unser ganzes Volk darunter leiden, daß du bei uns einen Bolgani getötet hast!«

»Aber sie brauchen doch nicht zu erfahren, daß der Bolgani in eurem Dorf getötet wurde!«

»Wieso?« Erstaunt blickte ihn der Wortführer der Wilden an.

»Sie werden die Leiche finden, wenn sie das nächste Mal in unser Dorf kommen!«

Tarzan lächelte abermals. »Nicht wenn wir die Leiche wegschaffen.«

Die Schwarzen kratzten ihre Krausköpfe. Diese Idee war zu raffiniert, um sofort von ihnen begriffen zu werden. Aufmunternd nickte Tarzan ihnen zu. Er erriet die unausgesprochene Frage, die ihre Gehirne zu beschäftigen schien.

»Ich selbst werde den Bolgani von hier fortbringen«, sagte er. »Aber ihr müßt mir zuerst einige Fragen beantworten.«

»Frage!« kam die Antwort.

»Ich habe mich verirrt und suche einen Weg, der in dieser Richtung aus dem Tal hinausführt.« Und er deutete auf die untergehende Sonne.

Der Stammesführer schüttelte den Kopf. »Vielleicht gibt es einen Weg, der in der Richtung der untergehenden Sonne aus dem Tal hinausführt, aber niemand kennt ihn, und niemand ist dort je gewesen. Ich selbst bin niemals weiter als einen Tagesmarsch von hier weggegangen, wenn ich für die Bolgani jagen mußte oder Beeren für sie sammelte. Selbst wenn es einen Weg gäbe, würde keiner wagen, ihn zu benutzen. Zu scharf bewachen uns die großen Bolgani.«

»Verläßt denn niemals einer von euch dieses Tal?« beharrte Tarzan.

»Ich kenne nur die Leute von zwei anderen Dörfern, und auch diese verlassen niemals dieses Tal. Aber manchmal gehen einige Bolgani weit weg. Wenn sie zurückkommen, bringen sie meistens eigenartige kleine Männlein mit weißer Haut und langen Haaren mit. Die Bolgani schneiden ihnen zuerst die Haare ab und opfern sie dann dem großen Numa.«

Tarzan sah, daß aus diesen Steinzeitmenschen nichts herauszuholen war. Das zwang ihn, seinen Plan zu ändern. »Wenn ich diesen Bolgani wegschaffe, so daß euch seine Brüder nichts tun werden, bin ich dann euer Freund?« fragte er.
»Ja«, sagte der Schwarze.
»Gut. Dann werdet ihr für die nächste Zeit eine weiße Frau in eurem Dorf aufnehmen und vor den Bolgani verstecken. Niemand darf erfahren, daß sie hier ist. Was meint ihr dazu?«
Die Wilden blickten um sich und schauten dann angestrengt zum Wipfel des Baumes empor, in dem sich Tarzan verborgen gehalten hatte. »Wo ist sie?« fragten sie alle durcheinander. »Wir sehen sie nicht!«
»Wenn ihr mir versprecht, sie freundlich zu behandeln, bringe ich sie zu euch.«
»Wir werden ihr nichts zuleide tun«, sagte der Anführer.
»Gut, dann werde ich jetzt mein Weib ins Dorf bringen«, erklärte Tarzan laut und vernehmlich den umherstehenden, gebückten Gestalten, indem er einige Schritte zurücktrat. »Und ihr werdet sie verstecken, verpflegen und verteidigen, bis ich zurückkehre. Wenn ich sie dann nicht gesund und munter wiederfinde, wird mein Speer das zu rächen wissen!«
Er hielt es einstweilen für das beste, wenn er La als seine Frau ausgab. Das war der einfachste Weg, ihnen klarzumachen, daß sie unter seinem besonderen Schutz stand. Sowohl Furcht als auch Dankbarkeit würde die Gomangani davon abhalten, La an die Bolgani, ihre Todfeinde, zu verraten. Tarzan hob den Blick und rief, zu Las Versteck gewandt: »La, mein Weib, komm herunter und genieße die Gastfreundschaft dieses Dorfes.« Gleich darauf rauschte es im Wipfel einer nahen Ulme, die unteren Zweige teilten sich, und Sekunden später sauste La, an eine Liane geklammert, mit wagemutigem Schwung mitten in die Versammlung. Sie landete genau in den Armen Tarzans. Die Furcht der Königin von Opar vor jenen häßlichen Halbmenschen mag nicht größer gewesen sein als der Schrecken, den diese ihrerseits angesichts der Fremdartigkeit der weißen Frau empfanden; er war jedenfalls beträchtlich. Halb unsicher, halb erfreut blickte La zu Tarzan auf, denn sie konnte sich nicht erklären, warum er sie sein Weib genannt hatte. War er denn nicht mehr in Jane verliebt, diese seltsame englische Lady?

»Hier ist sie«, sagte Tarzan und setzte La vorsichtig auf den Boden. »Bewacht sie gut, ihr kennt meine Kräfte!«
»Du willst mich doch nicht etwa verlassen?« fragte sie erschrocken.
»Nur für einige Zeit«, antwortete er begütigend in ihrer Sprache. »Diese armen Leute hier fürchten, die Bolgani könnten den Tod ihres Artgenossen in diesem Dorf an ihnen rächen. Sei ohne Sorge, ich habe ihnen genug Angst und Dankbarkeit eingejagt – sie werden dir nicht zuleide tun. Es wird schwierig sein, einen westlichen Ausgang aus diesem Tal zu finden, und allein bin ich nun einmal beweglicher. Sobald ich den Weg gefunden habe, hole ich dich und bringe dich in ein anderes Land, wo es weder verschwörerische Priester noch gefühllose Wilde gibt.«
»Und du kommst bestimmt bald zurück?« fragte La, halbwegs beruhigt.
»Ich komme zurück«, versicherte er. Den Schwarzen befahl er: »Säubert gründlich eine der größeren Hütten für mein Weib und paßt auf, daß sie niemand belästigt!« Dann packte er den toten Bolgani bei den Hüften und hob den gut drei Zentner schweren Koloß ohne erkennbare Anstrengung in elegantem Schwung auf seine Schultern. Nachdem die gaffenden Wilden das Palisadentor geöffnet hatten, lief er lautlos dem Urwald entgegen und war Sekunden später im Dickicht verschwunden.
Nachdem La dem König des Dschungels einen letzten sehnsuchtsvollen Blick nachgeworfen hatte, drehte sie sich zu ihren Gastgebern um und sagte bestimmt: »Säubert meine Hütte, bereitet mein Nachtmahl und mein Lager!« Die Gomangani wisperten untereinander. Aus einigen Fetzen, die sie von dem aufgeregten Geflüster aufschnappte, mußte sie schließen, daß eine Meinungsverschiedenheit aufgetreten war, die zweifellos die weitere Behandlung des unverhofften Gastes betraf.
Eine starke Partei befürwortete die Auslieferung an die Bolgani, andere wollten, daß man Tarzans Weisungen befolgte. Diese behielten zuletzt glücklicherweise die Oberhand. Eine handfeste Auseinandersetzung war allerdings nicht zu vermeiden, aber dann konnten die zufriedenen Sieger La bald ihre neue Behausung zeigen.
Von einem kärglichen Mahl undefinierbarer Zusammensetzung ließ sie die Hälfte stehen.
Ohne Dämmerung, fast schlagartig, senkte sich die Nacht über

Vor ihm stand ein Trupp großwüchsiger, ihm fremder schwarzer Krieger!

den Dschungel. Die Schreie der Raubtiere, das Summen und Zirpen der Insekten und das Gekreisch der Vögel und Affen verwoben sich zu einer chaotischen Symphonie. Es dauerte lange, bis La in einen unruhigen Halbschlaf fiel.

10

Im Nordwesten Opars, außerhalb des verbotenen Tales, stieg eine Rauchfahne auf.
Verursacht wurde sie durch das Lagerfeuer einer kampierenden Gesellschaft, die aus etwa einer Hundertschaft Schwarzer und sechs weißen Mitteleuropäern bestand.
Man war beim Abendessen.
Die Neger hockten erschöpft und müde herum, führten aber nichtsdestoweniger aufrührerische Flüstergespräche über die karge Entlohnung und die schlechte Verpflegung, die nicht nur an Abwechslung, sondern auch an Quantität alle Wünsche offenließ.
Die Weißen warfen finstere, aber wachsame Blicke um sich und hielten ihre Schußwaffen in Reichweite.
Kurzum: Die Lage war gespannt.
Die einzige Frau der Gruppe wandte sich ihren Partnern zu und sagte:
»Adolphs Geiz und Estebans Protzerei haben wir es zu verdanken, daß wir uns in dieser schrecklichen Situation befinden, oder seid ihr nicht dieser Meinung?«
Bluber schien noch ein wenig mehr zu schrumpfen und zuckte hilflos die schmalen Schultern, während der athletische Spanier einen nicht sehr überzeugend wirkenden Laut der Mißbilligung von sich gab.
»Und warum soll gerade ich der Sündenbock sein?« fragte Bluber schließlich in einer matten Gemütsaufwallung, die aber die Grenze zur Aggressivität keineswegs überschritt.
»Weil du, Herrgott nochmal, zu knauserig warst, genügend Träger anzuheuern. Ich habe dir von Anfang an gesagt, daß wir mindestens zweihundert dieser Schwarzen brauchen, aber du wolltest wohl ein paar Glasperlen sparen. Das Ergebnis haben wir jetzt vor uns: fünfzig Leute, die mit achtzig Pfund Gold pro Mann völlig überladen sind, die anderen Träger bis zur Grenze des Möglichen mit Ausrüstungsgegenständen bepackt. Und auf den Schutz des Rests der Truppe möchte ich mich nur ungern verlassen. Sie zittern selbst schon fast vor Angst. Und wir, wir haben uns inzwischen so unbeliebt gemacht, wie es nur irgend möglich ist. Wir treiben die Leute an wie eine Ochsenherde, weil wir nicht anders

können, wenn wir überhaupt noch vorankommen wollen. Und ständig müssen wir fürchten, daß die Eingeborenen uns den Krempel hinwerfen und sich in die umliegenden Büsche absetzen. Ganz zu schweigen von der Mordswut, die sie auf uns haben dürften. Mir scheint, die Brüder warten nur noch auf eine günstige Gelegenheit, uns kurzerhand abzumurksen.
Das alles ist schon schlimm genug, aber das Schlimmste kommt noch: die Burschen schieben Kohldampf wie deutsche Grubenarbeiter. Niemand ist so friedlich wie ein Neger, dem man den Wanst regelmäßig stopft, und niemand so gefährlich wie einer, der hungert. Das könnt ihr mir glauben. Ich kenne mich hier aus. Hätte Esteban nicht so furchtbar angegeben mit seinen Fähigkeiten als Jäger, hätten wir uns wahrscheinlich ausreichend mit Proviant versorgt. Wegen seines Größenwahns müssen wir jetzt schon halbe Rationen ausgeben. Und dabei hat der Rückweg gerade erst begonnen!«

Nach dieser Rede holte sie zuerst einmal tief Luft. Dann blickte sie die Angesprochenen herausfordernd an.

Bluber schwieg sich aus.

Der Spanier jedoch war mit Flora Hawkes' Analyse nicht einverstanden.

»Wo kein Wild ist, kann ich keines schießen«, erklärte er kurz und bündig.

»Und die Fußspuren, die wir jeden Tag haufenweise kreuzen, stammen von den armen Seelen jener Antilopen und Hirsche, die unser guter Esteban im Laufe unserer Reise in die ewigen Jagdgründe befördert hat«, spottete Kraski.

Miranda wurde allmählich wütend.

»Schießt euch euren Braten doch selbst, ihr Freßsäcke«, versetzte er gereizt.

»Warum nicht«, gab Kraski zurück. »Ich bin sicher, daß ich mit einer Steinschleuder mehr treffen würde als unser glückloser Oberförster hier.«

Dem heißblütigen Spanier platzte der Kragen. Drohend sprang er auf die Füße und warf sich in die kriegerische Positur eines römischen Legionärs, die ihm ausgezeichnet stand.

Ein Blick in Kraskis schweren Armeerevolver hielt ihn allerdings davon ab, zum Äußersten zu schreiten.

Und wer weiß, welche Tragödie der Selbstzerfleischung sich noch

abgespielt hätte, wäre nicht Flora mit dem Ausruf: »Hört endlich auf mit dem Blödsinn, ihr albernen Mannsbilder!« zwischen die beiden Streitsüchtigen getreten.
»Laß sie doch«, meinte John Peebles. »Wenn einer von ihnen draufgeht, um so besser. Wir werden sein Erbe treu verwalten, da bin ich ganz sicher!«
»Du lieber Gott«. Bluber war entsetzt. »Ein rücksichtsloses Volk, diese Engländer.« Dann murmelte er etwas, das wie »Gott strafe England« klang.
»Halt bloß deine schleimige Klappe«, fuhr Throck ihn an. »Auf deine 36 000 Pfund bin ich schon lange scharf.«
Bluber erbleichte.
Throck schenkte ihm aber weiter keine Beachtung, sondern fuhr fort: »Wenn ihr mich fragt, ich habe die Nase voll. In dem ganzen Sauhaufen ist Flora noch die einzige, die mehr als Stroh im Kopf hat. Wir andern haben nichts beigesteuert außer unserem Kies und Estebans Revuekörper. Intelligenzbestien sind wir alle nicht, mit Ausnahme von Flora. Je eher wir einsehen, daß sie die Zügel in der Hand hält, desto besser werden wir fahren. Sie ist die einzige, die sich in diesem verdammten Land auskennt. Also?«
»Throck hat recht«, beeilte sich Kraski, ihm zuzustimmen. »Wir haben jetzt genug Fehler gemacht. Das lag daran, daß wir uns benommen haben wie eine Schafsherde ohne Leithammel. Das muß jetzt anders werden. Flora soll unser Boß sein. Wenn überhaupt, dann schafft nur sie es, uns aus dieser Klemme zu bringen. Vielleicht ohne das Gold, aber immerhin mit heiler Haut.«
»Soll das heißen, daß wir auf das Gold verzichten?«
Bluber rang die Hände. »Ach, du lieber Gott.«
»Ich meine, daß wir in jedem Fall ab sofort tun werden, was Flora sagt, und zwar ohne den geringsten Widerspruch!«
Bei diesen Worten sah Kraski ihn scharf an, so daß der Deutsche ängstlich zusammenzuckte.
»Einverstanden«, sagte Peebles.
»Einverstanden«, sagte Throck.
»Von mir aus«, sagte Miranda.
»In Gottes Namen«, sagte Bluber.
»Wie ihr wollt«, sagte Flora Hawkes. »Wir werden folgendermaßen vorgehen: Zunächst bleiben wir hier, bis die Träger sich erholt

haben. Morgen vormittag gehen wir zusammen auf die Jagd. Mit ein bißchen Glück kriegen wir die Träger satt und können weitermarschieren. Soweit mein erster Vorschlag. Sollten wir erfolglos jagen, schlage ich vor, daß wir das Gold hierlassen und versuchen, so schnell wie möglich die Küste zu erreichen. Dort werben wir neue Träger an und versorgen uns ausreichend mit Proviant. Auf dem Anmarsch legen wir dann an jeder Raststelle Nahrungsdepots für den Rückweg an. So gehen wir kein Risiko ein.«

»Hipp hipp hurra!« schrie Peebles begeistert. »Das ist Musik in meinen Ohren. Was warten wir noch?«

»Ruf mir den Anführer der Askaris«, sagte das Mädchen zu Kraski, der willig tat, was ihm befohlen wurde.

Der große Schwarze schien zu merken, daß ab sofort ein anderer Wind wehte, und erhob sich eilig.

»Sag deinen Leuten, daß sie sich ausruhen können«, erklärte ihm Flora. »Morgen werden wir eine große Jagd veranstalten und Fleisch für alle besorgen. Such dreißig der kräftigsten Männer als Treiber aus. Wenn sie ihre Aufgabe gut erfüllen und wir anschließend unsere Ladung unversehrt zur Küste bringen, werden wir ihnen das Doppelte des vereinbarten Preises zahlen.«

Der Schwarze strahlte und versicherte, daß alles zur Zufriedenheit der weißen Herrschaften geschehen werde.

Am nächsten Morgen stellte Flora persönlich die Jagdgruppen zusammen. Dem Rest der Truppe gab sie strikte Anweisung, im Lager zu bleiben. Die Weißen hatten sich mit schweren Jagdbüchsen bewaffnet und waren entschlossen, auf alles zu schießen, was ihnen vor die Läufe kam.

Nur Esteban bildete wieder einmal eine Ausnahme.

Er erschien in voller Dschungelmontur mit Pfeil, Bogen und Speer und bestand darauf, allein zu jagen. Die Mißerfolge der letzten Wochen hätten offenbar nicht vermocht, sein Selbstbewußtsein zu beeinträchtigen.

Schmierenkomödiant, der er war, hatte er sich inzwischen dermaßen in seine Affenmenschenrolle eingelebt, daß er zwischen Sein und Schein keinen Unterschied mehr kannte. Er hätte eher das Dogma von der unbefleckten Empfängnis angezweifelt als die Tatsache, daß er wirklich und wahrhaftig Tarzan, der unbezwingliche Herr des Dschungels, war.

Die anderen hielten sein Benehmen für eine Marotte oder schrie-

ben es der sengenden Hitze zu, nur Flora ahnte die wahren Hintergründe und ließ ihm seinen Willen.
Leichtfüßig – so glaubte er – verschwand der Spanier in den Büschen.
»Ich kann nur hoffen, daß der verdammte Idiot sich das Genick bricht bei seinem Abenteuer«, bemerkte Kraski herzlos. »Er hat seine Schuldigkeit getan und keiner weint ihm nach.«
Flora jedoch schüttelte mißbilligend ihren hübschen Kopf: »Du solltest so etwas besser nicht sagen. Wir haben die Sache gemeinsam begonnen, und wir werden sie gemeinsam durchstehen. Miranda ist harmlos. Du solltest eher Mitleid mit ihm haben. Partielle Schizophrenie ist ein hartes Schicksal.«
»Du wirst ihn schon wieder kurieren«, eiferte der Russe. »Du hast einfach einen Narren gefressen an diesem Laffen und willst das nicht zugeben.«
»Und wenn schon, wüßte ich nicht, was dich das anginge«, gab Flora ärgerlich zurück. »An die Arbeit, wir haben keine Zeit für derartige Kindereien.«
Die beiden Rivalen jagten weit entfernt voneinander. Haßerfüllt und eifersüchtig der Russe, eifersüchtig und haßerfüllt der Spanier. Vor allem Miranda war so beansprucht von rachsüchtigen Phantasien, daß er seine eigentliche Aufgabe völlig vergaß und kaum noch auf seine Umgebung achtete.
Blindlings lief er auf eine kleine Waldlichtung zu.
Als er, noch völlig in Gedanken, aufblickte, erstarrte er zur Salzsäule.
Vor ihm stand ein Trupp großwüchsiger, ihm fremder schwarzer Krieger!
Kannibalen?
Nein, Tarzans treue Waziris! Aber das konnte Miranda natürlich nicht wissen.
Die Waziris glaubten in ihm, arglos wie sie waren, ihren verehrten Häuptling zu erkennen, der sie endlich gefunden hatte.
»Tarzan, es ist Tarzan, den Göttern sei Dank!« rief der vorderste der Krieger und stürzte auf den Verblüfften zu.
Plötzlich ging Miranda ein Licht auf. Das war die Chance, an die er schon nicht mehr geglaubt hatte. Er stellte sich in Positur.
»Ich bin glücklich, wieder bei meinen Kriegern zu sein«, log er schamlos, während ihn die Waziris umjubelten.

»Hört, was geschehen ist: Eine Gruppe ehrloser Halunken war in mein Land eingedrungen. Sie wollten sich die Schätze von Opar aneignen. Ich verfolgte sie bis zu ihrem Lager. Sie haben viele Männer bei sich. Darum bin ich zurückgekommen. Ich brauche eure Hilfe. Denn diese Leute haben bereits das Gold von Opar geraubt. Es befindet sich in ihrem Lager, das nicht weit von hier liegt. Folgt mir. Wir werden sie überfallen und mein Eigentum zurückholen!«

Ohne jedes Mißtrauen schlossen sich die Waziris dem Spanier an. Usula, der einzige unter ihnen, der der englischen Sprache leidlich mächtig war, schlug sich an Estebans Seite. Der war heilfroh darüber, denn im Gegensatz zu Tarzan verstand er kein Wort des einheimischen Dialektes, in dem sich die Männer unterhielten. Es war Miranda klar, daß er ein gewagtes Spiel spielte. Es war unvermeidlich, daß ihn irgendwann einer der Krieger ansprechen würde. Er mußte eine glaubwürdige Erklärung für seine Sprachschwierigkeiten finden, andernfalls würde es ihm schlecht ergehen.

Glücklicherweise fiel ihm ein, daß Flora von einem Unfall erzählt hatte, bei dem Tarzan durch einen Schlag auf den Kopf das Gedächtnis verloren hatte.

Er beschloß, alles auf eine Karte zu setzen.

»Erinnerst du dich noch an das Mißgeschick, das mich befiel, als ich zum erstenmal in Opar war?« fragte er Usula.

Der nickte zustimmend.

»Ein ähnliches Unglück ist mir auch diesmal zugestoßen«, fabulierte Miranda drauflos. »Ein großer Baum stürzte vor mir nieder, und einer seiner Äste streifte mich am Hinterkopf. Ich habe mein Erinnerungsvermögen zwar nicht ganz verloren, aber viele Dinge sind aus meinem Gedächtnis gelöscht. So habe ich die Namen meiner tapferen Krieger gänzlich vergessen und, was noch schlimmer ist, ich verstehe auch ihre Sprache nicht mehr.«

Usula sah ihn mitleidig an.

»Das ist eine traurige Nachricht, Bwana. Doch sicher wird der Schaden bald behoben sein, wie auch beim erstenmal. In der Zwischenzeit werde ich dein Gedächtnis sein, wenn es nötig ist.«

»Ich danke dir«, sagte Esteban und fuhr fort: »Sag es auch den anderen, damit sie sich nicht über mein Verhalten wundern und unsicher werden.«

Usula tat, wie ihm geheißen.
Die Krieger, an solche Vorfälle längst gewöhnt, machten keinerlei Aufhebens von der Sache und marschierten unbeirrt weiter.
Als sie in der Nähe des Lagers waren, gebot Miranda den Waziris Stillschweigen. Sie hielten in der Nähe der Boma und beobachteten die zurückgebliebenen Askaris, die pflichteifrig ihren Wachdienst versahen.
»Sie sind uns weit unterlegen«, sagte der Spanier zu Usula. »Wir umzingeln sie einfach und fordern sie auf, uns das unrechtmäßig erworbene Gold herauszugeben. Wenn sie darauf eingehen, lassen wir sie laufen. An ihrem Leben ist mir nichts gelegen.«
Miranda hatte sich sein Vorgehen genau überlegt. Er wollte, daß die verschonten Askaris Flora und den anderen von dem Überfall berichteten. Sie sollten glauben, daß Tarzan wirklich zurückgekommen sei.
Usula verteilte seine Krieger in einem weiten Kreis um das Lager. Als alle ihre Plätze eingenommen hatten, trat Miranda kühn und ruhig auf die Lichtung. Die Wächter kümmerten sich nicht darum, da sie ihn ja für den hielten, der er war.
»Aiiaiiiaiiiiau!« schrie er, was die Lungen hergaben.
Die Askari stutzten.
»Ich bin Tarzan, der Affenmensch. Ihr seid umzingelt. Jeder Widerstand ist zwecklos. Ergebt euch freiwillig, dann wird Tarzan euer Leben gnädig schonen.«
Esteban winkte mit der Hand.
Fünfzig kriegerische Waziri traten von allen Seiten auf den Schauplatz und ließen die Askaris furchtsam erzittern.
»Werft eure Flinten weg!« kommandierte der Spanier.
Die Wächter beeilten sich, seinem Befehl zu folgen. Sie hielten nichts von falschem Heldentum und waren zu allem bereit, um ihr Leben zu retten.
Während die Waziris sich mit den aufgestapelten Goldbarren beluden, winkte Esteban einen der schlotternden Askaris heran, von dem er wußte, daß er ein wenig Englisch radebrechte.
»Sage deinen Leuten, daß Tarzan hier war. Sag ihnen, daß sie froh sein können, so billig davongekommen zu sein. Sag ihnen auch, daß ich den elenden Wicht (dieses Wort ging ihm nur schwer von den Lippen), der es wagte mich nachzuäffen, erschlagen und den Löwen vorgeworfen habe. Sag ihnen schließlich, daß ich ihnen

den gemeinen Anschlag auf meine Person verzeihe, unter der Bedingung, daß sie Afrika auf dem schnellsten Weg verlassen und das Geheimnis von Opar keinem Menschen verraten. Ich werde mich davon zu überzeugen wissen. Tarzan läßt sich nicht übertölpeln. Verrat straft er fürchterlich.«

Mirandas Rede zeigte den gewünschten Erfolg. Der Askari versprach hoch und heilig, den anderen zu berichten, was sich ereignet hatte.

Der Spanier hatte keinen Grund mehr, sich länger im Lager aufzuhalten. Auf seinen Befehl hin setzten sich die marschbereiten Waziri in Bewegung.

Schnell und lautlos, wie sie gekommen waren, tauchten sie im Dschungel unter.

Als Flora und die anderen am Nachmittag von ihrer erfolgreichen Jagdpartie zurückkehrten, umgeben von fröhlich plappernden Schwarzen, standen sie vor vollendeten Tatsachen.

Flora war die erste, die sich wieder faßte und den Männern gebot, mit dem sinnlosen Jammern über das verlorene Gold aufzuhören – die Nachricht von Estebans vermeintlichem Tod hatte niemanden sonderlich bewegt.

»Wir haben nicht die geringste Chance gegen Tarzan«, sagte sie erbittert. »Vor allem nicht, wenn er seine Waziris bei sich hat. Es ist aus. Wir haben endgültig verspielt.«

Resigniert sank sie in Kraskis hilfsbereite Arme. Nur mühsam hielt sie die aufsteigenden Tränen zurück.

Bluber brauchte mehr Zeit, das Geschehene zu verdauen. Dann aber heulte er erbärmlich los: »Zweitausend Pfund, du lieber Himmel. Zweitausen Pfund. Ach du mein Gott! Wir sind ruiniert.«

Dabei führte er eine Art Veitstanz auf, der nur durch das Eingreifen der beiden Preisboxer beendet werden konnte. Auch Kraski hatte sich den Abschluß des Unternehmens anders vorgestellt. Doch er war zäh und ließ sich auch durch schwerste Rückschläge nicht entmutigen.

»Gut«, sagte er, »oder vielleicht nicht gut, aber kaum zu ändern. Das Unternehmen Opar war also ein glatter Mißerfolg. Für zweitausend Pfund etwas teuere und strapaziöse Ferien, wenn ich es mir recht überlege. Ich für meine Person werde auf jeden Fall versuchen, meinen Anteil wieder hereinzubekommen. Hier in Afrika, und wenn möglich, bald. Ich unterschätze Tarzans War-

nung keineswegs und bin heilfroh, wenn ich die Küste Englands wieder vor mir sehe. Aber ich denke, es sollte möglich sein, dieses unfreundliche Land nicht mit leeren Händen zu verlassen.«
»Wie stellst du dir das vor, nach dem, was geschehen ist?« fragte Peebles.
Der Russe sah in prüfend an.
»Ich habe mich ein wenig mit Owaza angefreundet. Er ist ein alter Schurke und hat mindestens soviel auf dem Kasten wie wir. Er hat mir vor einiger Zeit von einer Araberbande erzählt, die sich in dieser Gegend aufhält. Sklavenhandel und Elfenbein. Ein solides Geschäft, wenn man etwas davon versteht. Geringe Betriebskosten und ein beachtlicher Profit. Diese Araber sind tüchtige Leute, und warum sollten wir nicht auch ein wenig am Ertrag ihrer Arbeit teilhaben?
Sie sind nur wenige, und die Sklaven, die sie für sich schuften lassen, stellen eine ständige Bedrohung für sie dar. Mein Plan ist folgender: Wir sind – die Askaris mitgerechnet – genug Leute, um sie spielend zu überwältigen und ihnen das Elfenbein abzunehmen, falls es uns gelingt, die Sklaven auf unsere Seite zu bringen. Und das ist nur eine Frage geschickter Agitation.
Da wir sie nicht brauchen, können wir ihnen für ihre Unterstützung die Freiheit versprechen, das wird ihnen Lohn genug sein.
Owaza und seine Leute werden wir notgedrungen an der Beute beteiligen müssen, doch seine Forderungen sind maßvoll.
»Und woher willst du wissen, daß Owaza mitmacht?« fragte Flora.
»Es war schließlich seine Idee«, gab Kraski zu bedenken.
»Teufel, Teufel«, murmelte Adolf Bluber.

11

Nachdem Tarzan die Palisaden der Gomanganis hinter sich gelassen hatte, wandte er seine Schritte auf jenes eigenartige Gebäude zu, das er vom Taleingang aus gesehen hatte. Er bewegte sich gegen die Windrichtung, und die Witterung, die ihm zugetragen wurde, deutete darauf hin, daß er sich der Hauptsiedlung der Bolganis näherte. Hinzu kam der Geruch vieler Gomanganis sowie der von gekochtem und gebratenem Fleisch. Aber da war noch etwas – ein Hauch schweren süßlichen Duftes, den Tarzan nur als den Vorboten stickiger Weihrauchschwaden zu deuten vermochte. Weihrauch in den Hütten der ungeschlachten, rohen Bolganis? Aber vielleicht entströmte der seltsame Geruch dem großen, tempelähnlichen Gebäude, das er gesehen hatte. Nirgends konnte er in diesem Gemisch aromatischer Düfte die leiseste Andeutung wohlriechender Weißer entdecken.

Als die Witterung immer intensiver wurde, erklomm Tarzan mitsamt seiner Last einen breitausladenden Mabwe-Baum. Die Befestigungsmauern der Bolgani-Stadt lagen in Sichtweite. Dahinter bemerkte er die Umrisse eines großen Holzgebäudes, und daneben ragte ein eigenartiger, flacher Turm in den azurnen Himmel. Im Umkreis von etwa zwanzig Metern war der Dschungel vor den Steinwällen gerodet, auch hatte man scheinbar sorgfältig darauf geachtet, daß kein Ast zu nah an die Befestigungsanlage heranreichte.

Das Hauptgebäude war von gigantischen Ausmaßen. Seine Architektur bestand aus einer geschmacklosen Anhäufung unterschiedlicher Stilrichtungen. Das bizarre Gebilde stand auf einen erhöhten Fundament, das Tarzan als soliden Granitblock erkannte. Ein doppeltes Band verschwenderischer, jedoch barbarischer Ornamentik durchzog das polierte Gestein. Die Siedlung mochte etwa drei Ar groß sein. Zwei Drittel davon nahm das Gebäude in der Mitte ein. In den Gärten und zwischen den kleinen Hütten, die es umgaben, waren Schwarze mit allerlei Arbeiten beschäftigt. Sie glichen aufs Haar den unterentwickelten Gomanganis in dem Dorf, das Tarzan hinter sich gelassen hatte. In ihrer Nähe entdeckte er einige gorillaähnliche Kreaturen, die die bedauernswerten Geschöpfe von Zeit zu Zeit mit Peitschenhieben zu schnel-

Plötzlich öffnete sich das große Tor, das Tarzans Hochsitz gegenüber lag. Zwei Bolganis schritten hindurch und bezogen links und rechts Stellung. Weitere folgten.

lerer Arbeit ermunterten. Ein ungutes Gefühl stieg in Tarzan auf: Noch nie war es ihm möglich gewesen, Sklaverei und Brutalität tatenlos mitanzusehen.
Plötzlich öffnete sich das große Tor, das Tarzans Hochsitz gegenüberlag. Zwei Bolgani schritten hindurch und bezogen rechts und links Stellung. Auf dem Kopf trugen sie eine Art Federschmuck, auf der flachen Brust und dem faltigen Bauch schlotterten massive Goldketten. Wie auf ein unsichtbares Kommando hoben sie die Hände zum Mund und ahmten mehrmals im Chor den Ruf des afrikanischen Perlhuhns nach. Sofort antwortete vom Hauptgebäude her ein posaunengleiches Gebrüll, das dem Kampfruf der Elefantenbullen glich. Kurze Zeit darauf sah Tarzan, wie eine feierliche Prozession von Bolganis aus der Halle heraustrat, auf das Portal zuschritt und nach und nach ein Spalier bildete, das nun von vier besonders großen Bolganis durchschritten wurde. Jeder von ihnen trug eine riesige Steinaxt aufrecht vor sich her. Etwa zehn Meter dahinter trottete ein gewaltiger Löwe mit auffallend goldgelbem Fell. Vier Gômanganis mit goldenen Stangen und ebensolchen Ketten geleiteten ihn eher, als daß sie ihn führten. Fünf Vierergruppen von kriegerisch bewaffneten Bolganis beschlossen den seltsamen Zug. Ob sie ihre silberglänzenden Lanzen zum Schutz des Löwen vor dem Volk oder des Volks vor dem Löwen drohend gesenkt vor sich hertrugen, war nicht ersichtlich. Das Verhalten der Bolganis, die das Spalier bildeten, war von äußerster Unterwürfigkeit gekennzeichnet. Sie beugten den Oberkörper so weit vor, daß der Kopf fast die Knie berührte und die langen Arme schlaff zu Boden baumelten.
Unverhofft und ohne erkennbaren Grund kam der Zug zum Stehen. Blitzschnell warfen sich einige Schwarze in den Staub. Der offensichtlich uralte Löwe beäugte die ausgestreckten Gestalten vor sich mit glasigen, übersättigten Blicken: Als sich seiner Kehle ein müdes Knurren entrang, durchfuhr die wehrlosen, nackten Körper ein merkliches Schauern.

In tiefe Gedanken versunken, runzelte Tarzan die Stirn. Was für ein merkwürdiges Schauspiel! Nie zuvor hatte er – noch dazu in solch zeremoniellem Rahmen – eine derartige Selbstdemütigung des Menschen vor einer Bestie gesehen. Nichts schien auf eine Lösung dieses Rätsels hinzudeuten. Der Löwe mitsamt seiner Begleitung hatte inzwischen kehrtgemacht und war hinter dem entfernteren Teil des Hauptgebäudes verschwunden. Bolganis und Gomanganis nahmen scheinbar gleichgültig ihre früheren Arbeiten wieder auf. Was bedeutete dieser riesige altersschwache Löwe für die menschlichen Tiere und tierischen Menschen, die ihn anbeteten? Repräsentierte er eine göttliche Macht? Vor allem stimmte Tarzan nachdenklich, daß die gesamte Weltordnung hier auf dem Kopf zu stehen schien: Vertierte Wilde auf der untersten Zivilisationsstufe dienten halbintelligenten Menschenaffen, und an der Spitze stand der Kaiser der Wüste und der Wildnis, Numa, der unbesiegbare Löwe. Wohl eine gute Stunde mochte er in Gedanken versunken dagesessen haben, als nochmals Vogelrufe und Posaunenklänge ertönten und die Prozession langsam wieder hinter dem Gebäude hervorkam. Eiligst nahmen alle ihre früheren Positionen ein, wiederum wurde auf halbem Wege haltgemacht, und der Löwe mit den vier Schwarzen schritt nun an der Spitze seines Gefolges dem Tempeleingang entgegen; bald darauf war der ganze Spuk endgültig verschwunden.

Tarzan, der Affenmensch, versank in dumpfes Brüten. Mechanisch glitt seine Rechte immer wieder durch das schwarzblaue volle Haupthaar. Dann schüttelte er den Kopf: Noch immer hatte er des Rätsel Lösung nicht gefunden. Seine angeborene Neugier sowie der ausgeprägte Hang, Angefangenes unbedingt zu Ende zu führen. bewogen ihn, eine kleine Expedition zu wagen. Den Körper des toten Bolgani konnte er unter dem dichten Oleandergestrüpp, wo er ihn versteckt hatte, liegenlassen. Langsam und mit äußerster Vorsicht machte er sich daran, die gesamte Stadt zu umrunden, indem er die undurchdringliche Dichte des Urwalds als willkommene Deckung benutzte. Der Garten, in dem die Schwarzen arbeiteten, umgab die Sakralgebäude vollständig, bis auf ein kleines Stück im Süden, das von winzigen, ärmlichen Hütten eingenommen wurde; hier fristeten offensichtlich die Sklaven ihr kümmerliches Dasein. Es gab nur einen einzigen Eingang: das große Portal am Ostende. Er war von so massiver Bauart, daß Tarzan glauben mußte, es sei gegenüber einem übermächtigen Feind errichtet, und hätte einem solchen auch standgehalten. Die sagenhaften Atlantier waren schon Meister in der Kunst der Stadtbefestigung gewesen! Von hier aus hatten die prähistorischen Missionare einer längstvergessenen Religion wahrscheinlich versucht, die wilden Stämme Zentralafrikas zu kolonialisieren!

Aber schon bald rief Tarzan das rege Leben, das sich unter ihm abspielte, in die rauhe Gegenwart zurück. Bolganis und Gomanganis, Krieger, Feldarbeiter, Handwerker und Aufseher bildeten ein buntes Gemisch, das sich unablässig durch ein kleines Türchen im Hauptportal drängte. Die Untersuchungsmethoden der Torwächter erinnerten von ferne an die Brutalität amerikanischer Kleinstadtsheriffs.

Tarzan holte den toten Bolgani aus seinem unfreiwilligen Versteck und schwang sich mit ihm in ein besonders dichtes Gezweig. Er wartete ab, bis das emsige Treiben unter ihm etwas nachließ. Dann schleuderte er den Leichnam in hohem Bogen direkt vor die Füße der Torwärter.

Nun ratet mal, wer euren Kumpan erschlagen hat, dachte er vergnügt.

Zu voraussehbar waren das Getümmel und die Ratlosigkeit, die nun folgten, als daß Tarzan diesem Spektakel seine Aufmerksamkeit gewidmet hätte. So schnell und lautlos wie möglich versuchte er statt dessen, die entgegengesetzte Seite der Stadt zu erreichen. Dort wimmelte es weit weniger von Bolganis und ihren versklavten Arbeitstieren – die Kriegslist hatte also den gewünschten Erfolg gezeitigt. Tarzan konnte einigermaßen beruhigt den Rückweg zu Las Unterkunft antreten. Auf halbem Wege kam ihm jedoch der Gedanke, daß er seine ursprüngliche Absicht, einen westlichen Ausgang aus dem Tal zu finden, noch nicht verwirklicht hatte. Schweren Herzens beschloß er, das Wiedersehen mit La, die ihn bestimmt sehnlichst erwartete, noch ein wenig zu verschieben.

Eine halbe Tagesreise benötigte er, bis er das Ende des Tales erreicht hatte. Ein gewandter Dschungelläufer hätte dazu, auf dem Boden marschierend, ganze zwei Tage gebraucht. Tarzan achtete nicht auf die blutrote Sonne, die malerisch hinter der natürlichen Talsperre versank. Seine Adleraugen beobachteten vielmehr die schroffen Felswände zu beiden Seiten; aber das schnell wechselnde Licht gab keinen Pfad, keinen begehbaren Weg zu erkennen. Und bevor noch der letzte Strahl des Tages verglommen war, wußte Tarzan, daß es in dieser Richtung nur einen Weg aus dem verhexten Tal geben konnte: den über den steilen Felssattel, der nun selbst wie ein ungeheures Saphirkollier zu funkeln begann.

Nach einigen Stunden erquickenden Schlafs stieg Tarzan noch vor dem ersten Vogelschrei aus seinem luftigen Nachtquartier und begann, die Talsperre genauer zu untersuchen. An ihrem Fuß hatte sich ein tückisches Geröll-Kar gebildet, das bei jedem Schritt nachgab. Da die Baumgrenze bereits weit überschritten war, mußte Tarzan wohl oder übel eine direkte Durchquerung auf sich nehmen. Er hatte ein Gefühl, als müßte er eine jener neumodischen Rolltreppen, wie er sie in London gesehen hatte, entgegen der Fahrtrichtung emporsteigen, ohne jemals anzukommen.
Ziemlich erschöpft von dieser ungewohnten Anstrengung fand er sich jedoch schließlich vor einer steilen Felswand wieder. Völlig unversehrt von den verwitternden Kräften der Natur bot sie der tastenden Hand und den haltsuchenden Füßen keinen Vorsprung, keinen Spalt und somit nicht die geringste Chance eines erfolgreichen Aufstiegs. War etwa die erfinderische Bösartigkeit der Bolganis einst auf die Idee verfallen, dieses Gestein zu polieren, um den Gomanganis die Flucht aus der Unterjochung unmöglich zu machen? Wie dem auch sei, Tarzans Ehrgeiz angesichts dieses schier unüberwindbaren Hindernisses wäre kaum zu bändigen gewesen, hätte er nicht Rücksicht auf seine Gefährtin La nehmen müssen, der man wohl kaum solche akrobatischen Kunststücke zutrauen durfte.

Eilends machte er sich daher auf den Rückweg. Er mußte La von der veränderten Situation berichten und mit ihr neue Pläne schmieden.
Am frühen Nachmittag erreichte Tarzan das Dorf. Er bemerkte sofort, daß etwas Ungewöhnliches vorgefallen sein mußte. Kein Lebenszeichen drang aus den verlassenen Hütten, das Palisadentor war weit geöffnet. Hastig lief er zu der Hütte, in der man La versteckt hatte. Immer auf der Hut vor einer Falle duckte er sich vorsichtig und starrte in das dunkle Loch. Leer! Während er, immer mißtrauischer werdend, eine Hütte nach der anderen durchsuchte, dämmerte ihm langsam die schreckliche Erkenntnis,

daß das Dorf verlassen war – man hatte La verraten! Vielleicht wartete sie bereits darauf, jenem altersschwachem Tempellöwen, den er tags zuvor gesehen hatte, als besonderer Leckerbissen vorgesetzt zu werden! Vielleicht ... Bevor Tarzan die schrecklichste aller Vermutungen zu Ende denken konnte, drang ein leises Wimmern an sein Ohr. Blitzschnell war die betreffende Hütte ausgemacht.
»Gomangani!« rief er durch die Öffnung. »Ich bin es, Tarzan, der Affenmensch! Komm heraus und erzähle, was passiert ist!«
Grabesstille war die Antwort. Nochmals rief Tarzan in das Dunkel.
»Gomangani, komm heraus, hab keine Angst, oder ich werde dich holen!«
Abermals Stille. Ein grimmiges Lächeln umspielte Tarzans Lippen. Er zog das Jagdmesser aus der Scheide und nahm es zwischen die Zähne. Dann schnellte er sich katzengleich mit einem Sprung in das Innere und drückte sich sofort mit dem Rücken an die gegenüberliegende Wand.
Als er sah, daß kein Widerstand zu erwarten war, steckte er das Messer zurück und ging auf das zitternde Bündel Elend zu, das nun unter einem Haufen trockener Blätter hervorzukriechen begann. Vor seinen Füßen lag eine junge Gomangani-Frau und blickte flehentlich zu ihm auf. Er packte sie bei der Schulter und zog sie unsanft hoch.
»Was ist geschehen? Wo sind die anderen? Wo ist mein Weib?« fragte er.
»Nicht töten! Nicht töten!« schrie das Wesen in panischem Schrekken. »Ich war es nicht! Es ist nicht meine Schuld!«
»Ich werde dich nicht töten«, sagte Tarzan. »Erzähle mir die Wahrheit, und es geschieht dir nichts.«
»Die Bolganis haben sie mitgenommen! Sie kamen hierher am Abend desselben Tages, an dem du hier warst. Sie waren sehr wütend, denn sie hatten den Bolgani gefunden, den du getötet hast. Sie wußten, daß er zuletzt in unserem Dorf war, und sie folterten unsere Krieger, bis sie alles gestanden. Dann trieben sie alle zusammen und brachten sie in den Palast der glitzernden Steine. Ich weiß nicht, warum sie mich nicht gefunden haben. Auch dein Weib nahmen sie mit.«
»Glaubst du, daß die Bolganis sie töten werden?«
»Ja, ganz sicher, sie töten alle, die ihnen mißfallen.«

Keine Sekunde dachte Tarzan an die Möglichkeit einer schnellen Flucht aus diesem Tal des Schreckens. Dankbarkeit und Zuverlässigkeit waren hervorherrschende Züge seines Charakters. La hatte ihn vor dem blinden Fanatismus ihres Volkes gerettet. Sie hatte ihn gerettet unter Einsatz ihres Lebens und Aufgabe des Höchsten, was sie hatte: ihrer Stellung als Königin und Oberpriesterin von Opar. Nun mußte er alles daransetzen, sie aus der Gewalt ihrer Todfeinde zu befreien, mochten diese auch noch so mächtig, zahlreich und listig sein!

Tarzan verbrachte den Rest des Tages damit, die Befestigungsmauern der Tempelstadt nochmals zu untersuchen. Er wartete auf einen günstigen Augenblick, in dem er unbemerkt eindringen konnte. Aber er mußte sein tollkühnes Vorhaben auf die Nacht verschieben, so sehr ihn auch das heisere Löwengebrüll vom Tempel her zu größter Eile anspornte.

Sobald das schützende Dunkel der Nacht hereingebrochen war, schlich Tarzan an das jetzt menschenleere Holztor. Er warf sein Seil über einen der geschnitzten Löwen, die auf der Spitze der Seitenpfosten thronten. Skunden später stand er auf der anderen Seite des Tores. Zwei seltsam flache Türme flankierten die Schmalseiten des Tempels. Tarzans Plan hing nun von dem Alter und der Festigkeit des Efeus ab, das den östlichen der Türme bis zu der Fensterhöhle knapp unter dem Dach umrankte.

Er hatte sich nicht getäuscht. Als er sich vorsichtig durch die kleine Öffnung schwang, glaubte er ein leises Knacken zu vernehmen, das ihn dazu zwang, wohl zehn Minuten regungslos und kaum atmend auszuharren. Als sich das verdächtigte Geräusch nicht wiederholte, begann er, die Turmkammer zu durchsuchen. Sie war leer. Durch eine leicht knarrende Tür gelangte er in ein schmales Treppenhaus. Auch das Zimmer darunter war unbewohnt. Eine Treppe tiefer führte ein langer Korridor aus dem Turm heraus: der Verbindungsgang zum Tempelgebäude. Kein Lichtstrahl drang bis hierher. An der Wand entlangtastend, jeden Schritt vorher absichernd, dauerte es eine Ewigkeit, bevor Tarzan das Ende des Korridors erreicht hatte. Auch diese Tür gab ein leises Knarren von sich, als er sie Millimeter um Millimeter öffnete. Das Innere des Raumes war in ein schummriges Licht getaucht, dessen Quelle nicht auszumachen war.

Tarzan warf sein Seil über einen der geschnitzten Löwen, die auf der Spitze der Seitenpfosten thronten.

Während Tarzan Größe und Ausstattung des Raumes musterte, hörte er plötzlich hinter sich ein Geräusch. Blitzschnell fuhr er herum und duckte sich.
Ihm gegenüber, keine fünf Meter entfernt, stand ein Mann!

12

Miranda hatte den Waziris seine Rolle als Tarzan einen Tag lang vorgespielt, als ihn allmählich der Mut verließ.

Es wurde ihm klar, daß der vorgetäuschte Unfall ihm auf die Dauer keinen hinreichenden Schutz bot.

Vor allem Usula war deutlich anzusehen, daß er das Verhalten seines Herrn nicht billigte. Es war einfach nicht Tarzans Art, sich das Gold zu holen und dann wegzulaufen, egal, was ihm auf den Kopf gefallen sein mochte.

Der Rest der Krieger schien ähnlicher Ansicht zu sein. Sie haßten nichts so sehr wie Feigheit, und in ihren Augen war es ausgesprochen feige, vor einer Handvoll Askaris und ein paar unerfahrenen Weißen Reißaus zu nehmen. Ein wilder Kampf auf Leben und Tod hätte ihrer Sinnesart bei weitem mehr entsprochen.

Dies blieb Miranda natürlich nicht verborgen, obwohl er das Geschwätz der Krieger nicht verstehen konnte. Doch ihre immer mißtrauischer werdenden Blicke sagten ihm genug.

Es galt jetzt vor allem eine glaubhafte Ausrede zu finden, um sich von den Waziri abzusetzen. Nur so sah er noch eine Möglichkeit, mit heiler Haut davonzukommen.

Krampfhaft versuchte er, sich einen Plan zurechtzulegen. Der Dschungel, durch den sie marschierten, lichtete sich allmählich. Büsche standen zwischen den vereinzelten Bäumen, ein Zeichen, daß die Savanne nicht mehr weit war – der Tummelplatz Butors, des Nashorns!

Und da stob es auch schon heran, ein gigantischer Muskelberg voller Mordlust, ein Prachtexemplar.

Sein angriffslustig gesenktes Horn wies unmißverständlich in Estebans Richtung, der sich plötzlich gar nicht mehr wie Tarzan, der Herr des Dschungels, vorkam.

Ungeachtet der verdutzten Waziris, rannte er, so schnell er konnte, auf den nächsten Baum zu.

In seiner Hast stolperte er jedoch über seine eigenen Beine und fiel recht ungraziös zu Boden. Und anstatt sich der drohenden Gefahr durch einen flinken Satz ins Geäst des nächsten Baumes zu entziehen, blieb er starr vor Schreck liegen.

Das rettete ihm wahrscheinlich das Leben.

Denn das Nashorn, von Natur aus kurzsichtig, aber sehr geräuschempfindlich, war durch die enttäuschten Aufschreie der Waziris abgelenkt worden und bahnte sich einen Weg durch deren Reihen. Da die Waziris geschickt genug waren, ihm rechtzeitig auszuweichen, richtete es keinen großen Schaden an und verschwand schließlich mit einem ärgerlichen Aufschnauben im Unterholz. Als Esteban, der sich die ganze Zeit nicht gerührt hatte, endlich aufstand, sah er anstatt eines wütenden Nashorns ein halbes Dutzend aufgebrachter Krieger vor sich, in deren Zügen sich mehr Verachtung als Mitleid spiegelte.
Esteban beschloß zu handeln, solange ihm noch Zeit blieb.
»Mein Kopf, mein armer, armer Kopf!« schrie er und preßte die zitternden Hände gegen die Schläfen.
Die Krieger standen schweigend.
Schließlich sagte Usula: »Es steht böse um dich, Herr. Es hat den Anschein, daß nicht nur dein Gedächtnis, sondern auch dein Mannestum abhanden gekommen ist. Das gibt uns zu denken.«
Esteban erhob sich. Jetzt mußte er alles auf eine Karte setzen. »Sollten meine tapferen Krieger an mir zweifeln?« fragte er, und seine Empörung klang durchaus echt. »Sollten sie vergessen haben, was ich für sie tat, als ich noch bei Sinnen und gesund war? Deine Rede ist undankbar und anmaßend, Usula. Tarzan wird seine Schwäche bald überwunden haben. Seine Freunde sollten ihm dabei helfen, anstatt an ihm zu zweifeln!«
Usula senkte beschämt das stolze Haupt.
»Deine Worte sind die eines großen Häuptlings. Wir bitten dich, uns nicht zu zürnen. Wir werden tun, was du befiehlst.«
Esteban hatte es geschafft.
Schweigend marschierten sie weiter. Als der Abend nahte, befahl der Spanier, ein Lager zu errichten und die Goldbarren im weichen Erdreich zu vergraben.
Er hatte nämlich unterwegs einiges ausgetüftelt, um sich ohne Schaden aus der Affäre zu ziehen.
»Wir lassen die Barren hier«, erklärte er. »Morgen früh machen wir uns dann auf die Jagd nach dem Diebsgesindel. Ich will diese Schurken bestrafen, wie sie es verdienen. Denn dies ist Tarzans Dschungel, und niemand hat das Recht, ihn gegen seinen Willen zu betreten!«
Diese Rede ging den Waziris wie Honig ein. Sie begannen einen

»Dies ist Tarzans Dschungel, und niemand hat das Recht ihn gegen seinen Willen zu betreten.« Diese Worte gefielen den Waziris.

handfesten Kampf zu wittern und hegten zudem die Hoffnung, daß Tarzan sich auf dem Weg der Besserung befand.
Wie Bluthunde setzten sie sich tags darauf auf die Fährte der Feinde und hatten sie am Abend schon fast eingeholt, wie der Schein des nahen Lagerfeuers bewies.
Mit gefletschten Zähnen und rollenden Augen warteten sie auf das Zeichen zum Angriff.
Doch nichts entsprach Mirandas Absichten weniger.
Er hob vielmehr zu einer neuerlichen Rede an und sagte zu den Kriegern, die sich um ihn versammelt hatten:
»Mein ist die Rache, so wahr ich Tarzan, der Affenmensch bin. Diese Fremden haben versucht, mich zu übertölpeln. Jetzt sollen sie meine starke Hand zu spüren bekommen. Ihr aber, meine treuen Freunde, seht zu, daß ihr unversehrt nach Hause kommt. Laßt die Goldbarren, wo sie sind. Wir werden sie später holen, wenn ich mein Geschäft hier erledigt habe.«
Die Waziris zogen lange Gesichter. Der Verzicht auf den ersehnten Kampf fiel ihnen schwer. Doch gegen Tarzans Befehl gab es keinen Widerspruch.

So machten sie denn mißmutig kehrt und trotteten enttäuscht heimwärts. Ihre leise gemurmelten Flüche waren alles, was sie zu sagen wußten.
Noch mehr geflucht hätten sie freilich, wenn sie Zeugen des weiteren Verhaltens ihres vermeintlichen Big Bwanas gewesen wären. Froh nämlich, sie endlich los zu sein, schlenderte Miranda wohlgemut auf das Lager der angeblichen Todfeinde zu. Dabei pfiff er sinnigerweise das bekannte Lied: »Auf in den Kampf, Torero«. Kaum beim Refrain der zweiten Strophe angelangt, entdeckten ihn die Askaris.
»Das ist Tarzan. Er spielt uns das Lied vom Tod!« schrien sie und stoben in panischer Angst in die Büsche.
Die Weißen griffen zu ihren Waffen und luden durch.
Esteban genoß den Auftritt in vollen Zügen.
»Gemach, gemach, Freunde«, rief er. »Ich bin es, Miranda!«
Flora, die seine Stimme zur Genüge kannte, gebot den anderen, die Waffen beiseite zu legen.
»Er ist nicht Tarzan, keine Angst«, sagte sie.
»Wir dachten, es hätte dich erwischt«, stotterte Kraski und musterte

seinen Kontrahenten mißtrauisch. »Die Askaris erzählten, der echte Tarzan habe dich um die Ecke gebracht.«

»Er hätte es auch beinahe geschafft«, erwiderte der Spanier. »Ich war sein Gefangener. Er setzte mich im Dschungel aus. Nachts! Er dachte, ich würde es nicht überstehen. Aber er hat sich getäuscht.«

Nach diesen Worten kümmerte sich Miranda nicht weiter um das Gemurmel seiner Kumpane, die ihm die Geschichte nicht so recht glauben wollten, und setzte sich schweigend ans Feuer.

Es war ihm egal, was sie von ihm dachten.

Zwar hatte er einen etwas freundlicheren Empfang erwartet, doch konnte er nicht wissen, daß sie in der Zwischenzeit ihre Absichten geändert hatten. Das erfuhr er erst durch Kraski.

»Wir alle sind der Ansicht, daß Bluber und du die Hauptschuldigen am Mißerfolg unseres Unternehmens sind. Wir machen dir keinen Vorwurf daraus. Was geschehen ist, ist geschehen. Doch während du weg warst, haben wir einen neuen Plan entwickelt, wie wir uns für die erlittenen Verluste schadlos halten können. Und dafür bedürfen wir deiner Mithilfe nicht.

Niemand hat etwas dagegen, wenn du mitkommen willst, wir sind schließlich keine Unmenschen. Eine Beteiligung an unserem Geschäft allerdings ist ausgeschlossen.«

Zu ihrer aller Überraschung widersprach Esteban nicht.

»Okay«, sagte er lässig. »Macht was ihr wollt. Ich bin kein Spielverderber« – und dachte an die kühlen, glatten Goldbarren im sicheren Versteck und grinste im stillen.

Sein honettes Verhalten war dazu angetan, auf der Stelle eitel Freude und Sonnenschein auf die Gesichter der anderen, insbesondere auf Floras Lärvchen, zu zaubern.

»Ich hab's ja immer gewußt, bist ein Pfundskerl«, sagte Peebles, der Preisboxer, und damit war die Sache erledigt.

Die Nacht nahm ihren gewohnten Verlauf.

Löwen brüllten. Schlangen schlüpften durch Gestrüpp. Krokodile lauerten. Antilopen sprangen. Marabus philosophierten. Taranteln spritzten Gift. Die Gorillas feierten eine ihrer Orgien. Flora Hawkes schlief fest.

Miranda dachte nach.

Er mußte das Gold anderswo verstecken, an einem Ort, den die Waziris nicht kannten und den er jederzeit wiederfinden würde.

Es war ihm klar, daß er diese Aufgabe nicht allein bewältigen konnte. Er brauchte einen Vertrauten. Seine Gefährten kamen nicht in Frage. Er haßte sie und sie haßten ihn. Außerdem dachte er keine Sekunde daran, mit einem von ihnen zu teilen.
Blieb nur noch Owaza, der listige Schwarze. Er war der richtige Mann: des Ortes und der Verhältnisse kundig, verschmitzt und verschlagen wie kein anderer und außerdem bestechlich.
Miranda beschloß, einen Pakt mit Owaza zu schließen.

Am nächsten Morgen machte er den Vorschlag, für die Mitglieder der Expedition zu jagen. Die Weißen waren damit einverstanden, denn erstens waren sie nicht auf Miranda angewiesen und zweitens hoffte so mancher im stillen, er würde sich doch noch mal das Genick brechen oder einem wütenden Elefantenbullen in die Quere kommen. Keiner hätte sich dann gescheut, an seinem offenen Grabe »Ich hatt' einen Kameraden« zu singen. So waren sie eben. Dreckige Halunken, nichts weiter.
Owaza erklärte sich nach einigem Zögern bereit, Esteban zu begleiten. Der listige schwarze Teufel roch den Braten und war stets bereit, sich eine Scheibe abzuschneiden, wenn er Gelegenheit dazu bekam.
Miranda ließ ihn nicht lange warten. Kaum waren sie ein Stück vom Lager entfernt, entdeckte Owaza die Spuren der Waziris. Er blieb stehen und richtete sein Gewehr auf den Spanier.
»Was hat das zu bedeuten?« fragte er drohend. »Wenn du glaubst, mir eine Falle stellen zu können, hast du dich getäuscht. Raus mit der Sprache!«
»Nichts liegt mir ferner«, erwiderte Miranda und sah sich vorsichtig um, ob ihnen niemand gefolgt war. »Das sind die Spuren von Tarzans Waziris, die die Goldbarren von Opar für mich hier in der Gegend versteckt haben. Ich habe sie heimgeschickt. Dich habe ich mitgenommen, damit du mir hilfst, die Barren an einem Ort zu verstecken, den keiner außer uns beiden kennt. Wenn die weißen Trottel, die einmal meine Freunde waren, Afrika verlassen haben, werde ich zurückbleiben und die Schätze mit dir teilen.«
»Wer bist du eigentlich wirklich?« fragte Owaza verblüfft. »Den Tarzan habe ich dir lange genug geglaubt, obwohl meine eigenen Leute mir erzählten, sie hätten dich vergiftet im Lager zurückgelassen. Und am selben Tag bist du mit uns nach Opar mar-

»Man soll niemanden zu seinem Glück zwingen«, sagte Tarzan kurz. Ade! Und er schwang sich affengewandt zum Fenster hinaus.

schiert. Ich dachte zunächst, meine Leute hätten sich geirrt. Aber ihre Verblüffung, als du wieder auftauchtest, bestätigte meinen Verdacht: Du bist nicht Tarzan.«

»Du hast recht«, gab Miranda zu. »Ich bin nicht Tarzan. Deine Leute haben sich nicht getäuscht. Der Mann, den sie im Lager liegen sahen, war der echte Tarzan. Was aus ihm geworden ist, weiß keiner. Hoffen wir, daß er nie mehr auftaucht.«

»Gut«, sagte Owaza, »was nun?«

Ohne sich mit weiteren Erklärungen aufzuhalten, führte ihn Miranda zu der Stelle, wo das Gold vergraben war. Als der Schwarze die ersten Barren sah, war er restlos überzeugt und half dem Spanier, sie in das neue Versteck zu befördern, das sie etwa eine Viertelmeile entfernt in einem dichten Gebüsch anlegten.

Die Arbeit war hart und nahm geraume Zeit in Anspruch. Die beiden beschlossen, an Ort und Stelle zu übernachten.

»Wir werden Schwierigkeiten haben, die anderen einzuholen«, meinte Owaza.

»Wir werden sie vielleicht überhaupt nicht mehr finden« sinnierte Miranda grinsend.

»Das kann gut sein«, gab der Schwarze zurück und grinste ebenfalls.

Zwei Herzen hatten sich gefunden.

Die Nacht brach herein. Löwen brüllten. Flamingos paarten sich im Zwielicht.

Die Gorillas feierten weiter. Krokodile lauerten. Und Flora Hawkes schlief fest.

13

Regungslos stand die schemenhafte Gestalt immer noch vor Tarzan, der selbst zur Salzsäule erstarrt schien. Mit einer schnellen Bewegung zog er das Jagdmesser aus der Scheide, aber fast gleichzeitig ließ er die Rechte wieder sinken.
Er starrte sein Gegenüber fassungslos an. Ein ähnlich ungläubiger Ausdruck malte sich auf den Zügen des Fremden.
Denn die Gestalt vor Tarzan war weder ein Gomangani noch ein Bolgani, sondern ein Weißer! Es war ein alter Mann, glatzköpfig und mit einem langen, weißen, ehrwürdigen Bart. Er war nackt bis auf den bizarren Schmuck, den Tarzan schon an den Bolgani gesehen hatte.
»Gott!« Nur dieses eine Wort drang aus der Kehle der seltsamen Erscheinung. Der unverhoffte Wohlklang eines indogermanischen Wortes genügte, Tarzans Verwirrung komplett zu machen.
»Wer bist du? Wo kommst du her?« fragte der Alte, sich diesmal des Idioms der Bolgani bedienend.
»Gerade gebrauchten Sie ein englisches Wort! Sind Sie etwa dieser großartigen Sprache mächtig?« fragte Tarzan in seiner Muttersprache.
»Großer Gott!« rief der alte Mann. »Daß ich es erleben darf! Die süße Melodie dieser Worte noch einmal zu hören, bevor ich sterbe! Wer sind Sie, und wie sind Sie hierher gekommen?«
»Dasselbe wollte ich Sie fragen«, erwiderte Tarzan.
»Scheuen Sie sich nicht, die Wahrheit zu sagen«, beharrte der Bärtige. »Da Sie offensichtlich Engländer sind oder zumindest eine angelsächsische Erziehung genossen haben, ist von meiner Seite nichts zu befürchten!«
»Ich befinde mich auf der Suche nach einer Frau, die die Bolgani gefangen und hierher verschleppt haben.«
Der andere nickte. »Ich weiß. Sie ist hier.«
»Ist sie ihres Lebens sicher?« fragte Tarzan schnell.
»Sie ist unverletzt und sicher bis morgen oder übermorgen. Aber wer sind Sie, und wie sind Sie unbemerkt hier hereingekommen?«
»Ich bin Tarzan, der Affenmensch«, war die Antwort. »Ich kam in dieses Tal, um einen westlichen Ausgang zu finden. Die Oberpriesterin von Opar, die sich jetzt hier befindet, und ich sind auf

der Flucht vor einer niederträchtigen Verschwörung. Und Sie? Wer sind Sie?«

»Ich bin ein alter Mann. Dieses Tal ist mein Kerker seit meiner frühesten Jugend, und es wird wohl auch mein Grab werden. Ich kam als Schiffsjunge mit einer von Stanleys ersten Expeditionen nach Afrika. Eines Tages, während einer Exkursion entlang des Sambesi, entfernte ich mich leichtsinnigerweise vom abendlichen Lagerfeuer – und kehrte nie mehr zurück. Feindliche Schwarze griffen mich auf, und ich mußte die übelsten Frondienste leisten. Es war ein Nomadenstamm auf der untersten Zivilisationsstufe. Immer weiter schleppte man mich in heute noch unerforschte Regionen des tiefsten Dschungels. Als ich endlich fliehen konnte, hatte ich das Pech, kurz darauf weit grausameren Herren in die Hände zu fallen. Die ungeschlachten Bolgani, die Ihnen bekannt sein werden, brachten mich in diesen Talkessel. Nach einer entbehrungsreichen Zeit voller unsäglicher Leiden gelang es mir schließlich, diese Sklaventreiber von meiner Nützlichkeit zu überzeugen. Allerhand praktische Handgriffe und Verfahrensweisen zeigte ich ihnen, die sie als epochale Erfindungen feierten. Sehr zu meinem Nutzen, denn alsbald war ich geschätzt und geehrt, sozusagen der Daniel Düsentrieb dieses grausigen Strichs der Erde. Dennoch habe ich nie den Gedanken an eine Flucht aus meinem Gefängnis aufgegeben, obwohl es, wie ich genau weiß, eine unerfüllbare Hoffnung bleiben wird.«

»Und es gibt keinen geheimen Fluchtweg?« fragte Tarzan.

»Es gibt einen solchen wohl, aber er ist Tag und Nacht bewacht. Er führt durch die Diamantenminen am Südhang. Am Eingang ist Tag und Nacht ein Trupp schwerstbewaffneter Bolgani postiert, im Labyrinth der Stollen schuften schichtweise und ununterbrochen die Bergarbeiter der Gomanganis in einer Art unbezahltem Akkord. Der sagenhafte Reichtum Opars stammt hauptsächlich aus den Gold- und Diamantenminen hier im Tal. Aber irgendwann in grauer Vorzeit müssen die intelligenten Gorillas die Oparier in einer entscheidenden Schlacht besiegt haben.

Dieser Bergtunnel und der Pfad nach Opar sind die einzigen Zugänge zum Tal des Schreckens, wie ich es auf Englisch zu nennen pflege. Die Bolgani haben diesen Namen witzigerweise übernommen, weil sie ihn für eine besonders vornehme Redewendung halten.«

»Von wieviel Leuten genau wird der Tunnel bewacht?«
»Sechs Bolgani und ein Dutzend stämmiger Gomangani.«
»Könnte man die Gomangani zur Flucht bewegen?« fragte Tarzan gespannt.
»Früher, vor meiner Zeit, sollen sie oft versucht haben zu fliehen. Aber nur wenige waren erfolgreich, und die Eingefangenen hat man so grausam sterben lassen, daß die übrigen allmählich jeglichen Fluchtplan aufgaben. Außerdem wurde nach jedem Ausbruchsversuch das gesamte Volk derart schikaniert, daß die Unterdrückten jetzt selbst gegen eine Flucht ihrer Artgenossen sind und sie in jedem Fall verraten würden.«
»Gibt es hier viele Gomanganis?«
»Schätzungsweise fünftausend«, antwortete der Alte.
»Und wie zahlreich sind die Bolganis?«
»Zwischen zehn- und elfhundert.«
»Das heißt also, fünf zu eins«, murmelte Tarzan nachdenklich. »Müßte eigentlich zu schaffen sein.«
»Oh, glauben Sie nur das nicht, mein Herr. Weit davon entfernt, Feiglinge zu sein, wohnt den Gomanganis jedoch eine tiefe Furcht vor der rächenden Gewalt ihres Abgottes inne: vor Numa, dem goldgelben Löwen, und dem gesamten Götzendienst, der sich um diese Bestie rankt. Diese Furcht ist mindestens ebenso stark, wenn nicht größer, als unsere Furcht vor dem christlichen Gott.«
»Sehr interessant«, bemerkte Tarzan knapp. Für atheistische Exkurse hatte er nämlich – trotz seiner gottfernen Jugend – nicht das geringste übrig. »Wo hält man übrigens die Frau gefangen, die ich suche?«
»Ist sie Ihre Frau?« wollte der Alte wissen.
»Nein«, antwortete Tarzan. »Es handelt sich um La, die Oberpriesterin von Opar, mit der mich ein enges Vertrauens- und Schicksalsband verknüpft. Ich muß Sie verständlicherweise bitten, diese Information unbedingt für sich zu behalten!«
»La? Unmöglich! Wie konnte sie in die Hände ihrer Todfeinde geraten?« rief der Alte aus, erschrocken über diese Nachricht und noch mehr über seine laute Stimme.
»Es ist La«, bekräftigte Tarzan. »Sie mußte sich hierher flüchten, denn wäre sie eine Sekunde länger in Opar geblieben, hätte man sie bei lebendigem Leibe dem Sonnengott geopfert!«
»Wenn das die Bolganis wüßten!« rief der Alte leise.

»Ich bin sicher, ich kann Ihnen vertrauen. Sagen Sie mir, wo sie sich befindet. Sie errettete mich aus der Gewalt ihres tobsüchtigen Oberpriesters, nun muß ich mich revanchieren!«
»Aber es ist hoffnungslos!«
»Ich kann es zumindest versuchen.«
»Am Ende werden wir den Tod zweier statt eines weißen Menschen zu beklagen haben!«
»Ich bin furchtlos.«
»Sie kennen die Bolganis nicht!«
»Ich habe nie Furcht gekannt.«
»Sie sind das mächtigste organisierte Volk des Urwalds!«
»Sagen Sie mir nun, wo sie ist, oder nicht?« fragte Tarzan, am Ende seiner Geduld angelangt.
»Schauen Sie«, sagte der alte Mann bedächtig. Er führte Tarzan in das Innere des Gemaches, an dessen Eingang er ihn überrascht hatte. Er wies aus dem Fenster.
Fast das Gemäuer des Palastes berührend, ragte ein zweiter, eigenartig flacher Turm in die Schwärze der Nacht.
»In einer der Turmkammern dort muß sie sich befinden.«
Tarzans geübte Augen erkannten sofort, daß das einzige Fenster des Turmes leicht über das Dach des Hauptgebäudes zu erreichen war.
»Ich kenne Sie nicht, aber ich vermute, ich kann Ihnen vertrauen, denn die Bande gleichen Blutes, das doch immerhin in unser beider Adern fließt, sind stark. Zwar könnten Sie danach trachten, sich durch einen schnöden Verrat verdient zu machen, aber das glaube ich nicht.«
»Von mir haben Sie nichts zu befürchten«, sagte der Alte, und er betonte jedes seiner Worte eindringlich. »Ich hasse diese Kreaturen. Ich wäre überglücklich, würde ich einen Ausweg aus Ihrer verfahrenen Situation entdecken, würde ich Ihnen irgendwie helfen können. Die Frau wird unfehlbar Numa zum Fraß vorgeworfen werden, und Sie werden diese Stadt niemals lebend verlassen – außer mit Zustimmung der Bolganis«, setzte er in einem merkwürdig ironischen Unterton hinzu.
Der Affenmensch lächelte. »Sie sind zu lange unterdrückt gewesen meinte er nachsichtig.
»Nein, das ist es nicht.« Der Alte schüttelte den Kopf. »Wenn es einen Fluchtweg gäbe, hätten Sie mich nicht hier angetroffen.«

»Man soll niemanden zu seinem Glück zwingen«, sagte Tarzan kurz. »Ade!« Und er schwang sich affengewandt zum Fenster hinaus. Erst beim zweiten Nachfassen bekam er die glitschige Regenrinne über sich in den Griff. Einen Moment später waren seine Füße aus dem Ausschnitt des Fensters verschwunden. Staunend bog sich der Bärtige über die Brüstung. Er sah gerade noch, wie ein Schatten im Fenster des Nordturms verschwand. Da er die Innenarchitektur des Südturmes ja bereits kannte und dieser dem anderen aufs Haar glich, dauerte es nicht lange, bis Tarzan die beiden obersten Stockwerke ohne Außerachtlassung aller erdenklicher Vorsichtsmaßnahmen durchschlichen hatte.

Im Treppenhaus wallten ihm diesmal schwere Schwaden süßlichen Weihrauchduftes entgegen. Dieser eine Umstand war es, der sein Schicksal besiegeln sollte!

Sonst hätte er sicher die Witterung des Gomangani aufgenommen, der am Fuß der Wendeltreppe eingenickt war. Beim ersten verdächtigen Knarzen der schweren Holzbohlen, die die Stufen bildeten, war er aufgeschreckt. Nun stand er, in eine Nische gedrückt, bleich und unbeweglich da, und bis auf ein leichtes Zittern, das seinen Körper manchmal schaudernd durchzog, konnte er bei Licht betrachtet durchaus für ein Anschauungsobjekt in einem anthropologischen Museum gehalten werden.

Unverwandt starrte er auf das nie geschaute Wesen, das er – diente er nicht einem Löwengötzen – unzweifelhaft für einen Gott gehalten hätte.

Keine zehn Zentimeter waren die beiden voneinander entfernt, als Tarzan, sich am Geländer entlangtastend, an der bewußten Nische vorbeischlich.

Je weiter er nach unten kam, desto penetranter wurde der Weihrauchgestank, der seine sensiblen Geruchsnerven empfindlich kitzelte. Plötzlich gelangte er auf einen größeren Vorplatz mit fünf geschlossenen Türen. Vier der Gemächer hatte er zu seiner vollen Zufriedenheit leer gefunden, als er sich im fünften plötzlich einem riesigen Gomangani gegenübersah. Der Kerl schüttelte sich vor Angst und war vollkommen unbewaffnet.

»Was willst du?« fragte er in hohem Kastraten-Falsett. »Suchst du vielleicht dein weißes Weib, das dir die Bolganis weggenommen und hierhergebracht haben?«

»Ja. Was weißt du von ihr?«

»Ich soll dich zu ihr bringen, das heißt, ich bringe dich zu ihr.«
»Hallo, das ist wohl eine Falle!« Tarzan runzelte die Stirn. »Wenn du mich in eine Falle führst, wirst du von meiner Hand sterben.«
»Ich weiß nicht, warum ich dir sagen sollte, in welchem Raum sie sich befindet, ich weiß nur, daß sie dort nicht ist und daß wir beide eingesperrt werden, sobald wir den Raum betreten haben!« Kleine Schweißperlen bildeten sich auf der fliehenden Stirn dieses ehrlichen Idioten.
»Wenn du mich in dieses Zimmer führst, werde ich dich töten, das verspreche ich dir. Wenn du mich aber in das Zimmer führst, in dem sich La tatsächlich befindet, werde ich dich befreien und mitnehmen auf meiner Flucht in eine Welt ohne Sklaverei und Fronarbeit.«
»Ich würde schon wollen, aber ich glaube, ich kann nicht!«
»Wenn du mich in einen Hinterhalt führst, werde ich dich bestimmt töten. Wenn du mich aber zu meinem Weibe führst, hast du zumindest eine Chance, mit dem Leben davonzukommen.«
Der bullige Gomangani strich sich mit beiden Händen über die kümmerlichen Stoppeln seines kurzgeschorenen Haupthaars. Dann nickte er in stummer Verzweiflung. An der aalglatten Logik von Tarzans Darlegungen gab es kein Vorbeikommen.
»Du bist sehr weise«, sagte er. »Ich werde dich zu deinem Weib führen.«
»Geh voraus, ich folge dir!« Der Affenmensch hatte keine andere Wahl, als sich auf Gedeih und Verderb der zurückgebliebenen Intelligenz dieses Sklaven anzuvertrauen.

Wer hatte ihn verraten? Diese Frage beschäftigte ihn, als er sich an die Fersen des Schwarzen heftete. Es konnte nur jener weiße Gnom gewesen sein, dem er trotz aller Blutsverwandschaft und allem Idealismus nicht hätte vertrauen dürfen.
Tarzan faßte einen finsteren Entschluß.
Plötzlich stieß er mit der Brust an den schweißtriefenden Rücken seines Führers. Dieser deutete auf eine Tür vor ihnen.
»Dort drinnen ist dein Weib«, flüsterte er. Leise öffnete er die Tür. »Sieh!«
Der Raum gleißte im grellen Widerschein Tausender Kerzen. Geblendet kniff Tarzan die Augen zusammen. Die Halle mochte wohl hundert Quadratmeter messen. Zentrale Gestalt war der riesige

Löwe, den Tarzan schon anläßlich jener Prozession beobachtet hatte. Seine goldenen Ketten waren jetzt an massiven Eisenringen befestigt, die in den Boden eingelassen waren. Der Löwe lag, mit einem bösartigen Blitzen in den Augenwinkeln, auf einem thronähnlichen Podest. Direkt hinter ihm saßen, über und über mit Gold und Diamanten auf äußerst geschmacklose Weise behangen, vier besonders große Bolganis.
Am Fuß der Stufen, die zu diesem Podest heraufführten, stand – und bei diesem Anblick stockte Tarzan das Herz – La, die Königin von Opar! Aufrecht, majestätisch stand sie da, die zarten Hände auf dem Rücken gefesselt.
Die länglichen, gotisch wirkenden Fenster des Saales waren weit geöffnet, aber das Tageslicht kämpfte vergeblich gegen den Schein der Kerzen an. Hinter La standen wohl fünfzig schwerbewaffnete Bolganikrieger, dahinter ein gutes Hundert ebensolcher Gomanganis.
Tarzan beugte sich zu seinem Begleiter.
»Würden die Gomanganis aus der Gewalt der Bolganis fliehen, wenn sie könnten?«
»Ja, das würden sie.«
»Sollte es für mich nötig sein«, fuhr Tarzan fort, »diesen Raum offen zu betreten, wirst du mich begleiten und den Gomanganis sagen, daß ich sie aus diesem Tal führen werde, wenn sie auf meiner Seite kämpfen?«
»Ich werde es versuchen, aber sie werden mir nicht glauben.«
»Dann sag ihnen, daß sie sterben werden, wenn sie mir nicht helfen!«
Inzwischen hatte einer der über dem Saal thronenden Bolganis das Wort ergriffen.
»Edle des Reiches von Numa, dem König der Tiere, dem Kaiser aller Dinge«, rief er mit tiefer, rollender Stimme. »Numa hat gesprochen. Er will, daß diese Frau stirbt, und zwar hier, jetzt und ohne die große Zeremonie!«
Das Biest knurrte zustimmend.
Der Bolgani fuhr fort: »Übermorgen wird dann der Mann dieses Weibes vor unser hohes Tribunal gebracht werden. In diesen Augenblicken geht er in eine von mir wohl vorbereitete Falle. Nun ist derjenige in unserer Gewalt, der einen unserer Brüder im Außendienst meuchlings ermordete und der« – der Redner erhob

Das hohle Knurren des Teufels schwoll zu einem ohrenbetäubenden Gebrüll an.

drohend seine Stimme - »die Frechheit besessen hat, in unsere Stadt einzudringen. Ich zweifle nicht, daß Numa, unser allmächtiger Kaiser, einen gerechten Urteilsspruch fällen wird.«

Während der letzten Worte hatten einige Diener begonnen, die Goldketten des Löwen aus den Eisenringen zu lösen. Das hohle Knurren des Teufels schwoll zu einem ohrenbetäubenden Gebrüll an.

Ganz seiner Beute sicher, duckte sich das Tier langsam. Las Kehle entrang sich kein einziger Laut, geschweige denn ein Schreckensschrei. Vergeblich versuchte sie ein letztes Mal, ihre Hände aus den Fesseln zu lösen.

Da durchschnitt ein messerscharfer Schrei die erwartungsvolle Stille. Erstaunt blickte alles nach oben, auch der Löwe hob mißmutig seinen bemähnten Schädel und verharrte im Sprung auf sein wehrloses Opfer. Blitzschnell sprang der Affenmensch von der Empore mit einem Satz an die Seite Las.

Gleichzeitig, noch in der Luft, entfuhr seiner Rechten der immertötende Speer.

Würde er diesmal sein Ziel verfehlen?

14

Ein schwarzmähniger Löwe eilte durch den nächtlichen Dschungel. Er gab sich keine Mühe, seinen Anwesenheit zu verbergen. Denn er war nicht auf der Jagd nach Wild. Von Zeit zu Zeit blieb er stehen und witterte.
Schließlich gelangte er an eine Mauer. Er sprang durch eine Bresche. Nicht weit von ihm ragte ein düsteres Gebäude auf. Der Löwe lief einen Halbbogen und ließ es nicht aus den Augen.
Plötzlich dröhnte aus dem Inneren des Gebäudes das Zorngebrüll eines Artgenossen.
Der schwarzgemähnte Löwe schlich mit aufmerksamen Sinnen vorsichtig auf das Gebäude zu . . .
Im selben Augenblick schrie Tarzan.
Er schrie so laut und so ausdauernd, daß die verdutzten Gomanganis, die La zum Blutgerüst schleppen wollten, ihre Last fallen ließen wie hilflose Artisten.
Tarzan brüllte noch einmal kurz und heftig und jagte seinen Speer durch die Kehle des um die Beute betrogenen Löwen, der ohne Zaudern verröchelte.
An Tarzans Seite standen die Gomanganis, die er in seinen Dienst gepreßt hatte. Während er die blutige Arbeit tat, riefen sie ihren Freunden zu, sich ebenfalls auf die Seite des Stärkeren zu schlagen.
Tarzan stürzte sich inzwischen auf La, die ihm willig engegenkam. Er riß sie an seine muskulöse Brust und zog sie – für lange Begrüßungen war keine Zeit – auf die Treppe, die zum Thron führte. Er hoffte von dort aus den fünfzig Bolganis, die von ihren Sitzen schnellten und auf ihn losstürzten, Widerstand leisten zu können.
Außerdem wußte er genau, daß eine Situation wie diese mit roher Gewalt allein nicht zu meistern war. Sein Aufenthalt in England hatte ihn mit den Grundzügen des modernen Parlamentarismus vertraut gemacht und schon nach wenigen Besuchen im Ober- und Unterhaus waren ihm die rhetorischen Tricks der Volksvertreter nicht nur durchschaubar, sondern auch geläufig. Auf die so gewonnenen Kenntnisse setzte er auch jetzt.
»Kampf den Ausbeutern und Unterdrückern!« rief er den zögernden Gomanganis zu. »Jagt die Bolganis zum Teufel. Macht sie nieder. Tötet sie. Es geht um eure Freiheit, um Tod oder Leben.

Ich für euch und ihr für mich! Wir gehören zusammen. Tun wir, was notwendig ist!«
Dieser zündende Appell verfehlte seine Wirkung nicht. Die Autorität seiner Stimme und die Kraft seiner Persönlichkeit hätten jeden auf Tarzans Seite gebracht, nicht nur die naiven Gomanganis, die sich jetzt mit Wutgebrüll auf die drei Popanze stürzten, die immer noch den Thron einnahmen. Von Speeren durchbohrt, sanken die Bolganis nieder.
Die Gomanganis bewunderten die Fähigkeiten ihres neuen Herrn und faßten Mut.
»Hört«, rief Tarzan den Bolganis zu: »Ich bin Tarzan, der Affenmensch. Ich bin ein großer Jäger und ein guter Kämpfer. Ich will keinen Streit mit eurem Volk. Aber ich will ungehinderten Durchgang durch euer Gebiet für meine Frau und diese Gomanganis, die sich mir unterstellt haben. Laßt uns in Frieden gehen. Nur dies verlangen wir, sonst nichts.«
Wütendes Gebrüll aus den heiseren Kehlen der Bolganis war die Antwort auf Tarzans Forderungen. Dann stürmten sie weiter.
Sie hatten ihn noch nicht erreicht, als ein neuerlicher Zwischenfall geschah.
Aus der vordersten Reihe löste sich plötzlich die Gestalt des alten weißen Mannes und rannte auf Tarzans kleine Truppe zu. Der war alles andere als erfreut über die Begegnung.
»Verräter!« schäumte er! »Willst du um jeden Preis der erste sein, den meine Rache trifft?«
Der Alte stutzte und fuhr durch sein schlohweißes Haar.
»Ich, ein Verräter? Ich verstehe deine Reden nicht, Tarzan! Mein Herz ist rein wie das eines Kindes!«
»Verräter, trotzdem«, schrie Tarzan weiter. »Oder hast du etwa nicht den Bolganis meine Anwesenheit im Palast verraten?«
»Keineswegs«, beharrte der Alte. »Ich bin hier, um der weißen Frau zu helfen und dir auch. Ich werde an euerer Seite sterben. Denn sterben müssen wir alle, auch du. Niemand wird dem Zorn der Bolganis entgehen, deren Kaiser du frevlerisch getötet hast.«
»Das mag dahingestellt bleiben«, erwiderte Tarzan, noch nicht gänzlich überzeugt. »Du wirst sofort Gelegenheit haben, deine Treue unter Beweis zu stellen«. Damit deutete er auf die in unentwegtem Ansturm befindlichen Bolganis, die inzwischen die Stufen zum Thron erreicht hatten.

Wie ein Wirbelwind biß sich der goldene Löwe von Kehle zu Kehle.

In Windeseile formierte Tarzan seine Streitkräfte. Sie waren neun Leute gegen fünfzig wutschnaubende Angreifer.
Trotzdem gelang es ihnen, den ersten Andrang der Feinde mit überlegtem Einsatz ihrer Speere, Äxte, Keulen und Stimmbänder zurückzuschlagen.
Die Bolganis sammelten sich am Fuß der Treppe und griffen wieder an. Die Lage schien aussichtslos für das aufrechte Häuflein. Wie ein Donnerwetter brausten die wilden Gestalten auf sie zu. Die Verteidiger erhoben die Waffen . . .
Da ertönte schon wieder ein Schrei, furchtbarer als alle vorhergegangenen. Er kam von einem der großen Fenster. Ausgestoßen hatte ihn offensichtlich der riesige, schwarzmähnige Löwe, der dort stand. Die Bolganis hielten irritiert inne. Der Löwe brüllte noch einmal. Die uralte, kostbare Ampel in der Kuppel des Gebäudes stürzte krachend zu Boden.
»Jad-bal-ja!« rief Tarzan freudig. Er zeigte auf die Bolganis. »Faß, mein Kätzchen, faß!« Er hatte noch nicht ausgeredet, da war der Löwe schon über den Gegnern. Wie ein Wirbelwind biß er sich von Kehle zu Kehle. Blut troff von seinen Lefzen. Es war ein Morden, wie es in grausigsten Träumen nicht schlimmer sein kann. Nach wenigen Minuten lag ein Dutzend toter Bolganis am Boden.
»Los jetzt!« rief Tarzan seinen Leuten zu. »Der Löwe tut euch nichts. Er ist der wahre Numa, der König der Tiere. Er ist unser Freund.«
Damit griff er mit gezogenem Messer in den Kampf ein. Die Gomanganis folgten ihm. Es war ein schauriges Gemetzel. Tarzan hieb, stach und biß um sich wie seit langem nicht mehr.
Er kostete den Geruch des dampfenden Blutes, den dumpfen Aufprall stürzender Leiber, den Kampf von Mann zu Mann mit natürlichen Mitteln, den er in der Zivilisation schmerzlich vermißt hatte. Er war froh, daß Jane dies nicht sehen konnte. Jetzt durfte er seiner unbezähmbaren Natur freien Lauf lassen.
Auch im wildesten Getümmel ließ er Jad-bal-ja nicht aus den Augen und dirigierte ihn mit kurzen Zurufen von einem Opfer zum anderen. Als das zweite Dutzend Toter voll war, ergriffen die Bolganis die Flucht.
Tarzan rief den Löwen zurück. Zu den Gomanganis, die nicht weniger Angst zu haben schienen als ihre früheren Herren, sagte

er: »Schafft den Leichnam des falschen Kaisers vom Thron. Der wahre Numa ist gekommen, seinen Sitz einzunehmen.
Der alte weiße Mann und La starrten ihn fassungslos an. »Wer bist du?« fragte der Alte. »Du sprichst zu Mensch und Tier und machst sie dir untertan. Wer bist du und was hast du vor?«
»Das wirst du gleich sehen«, sagte Tarzan und lächelte. »Auf jeden Fall sind wir gerettet.« Und zu Jad-bal-ja, der sich zu seinen Füßen niedergelegt hatte, sagte er, indem er ihm durch die dichte Mähne fuhr: »Gut gebrüllt, Löwe.« Der alte Mann verstand die Welt nicht mehr. Die Gomanganis aber kramten in ihren kindlichen Hirnen nach einem vergessenen Gott, der Tarzans Eigenschaften aufwies, und als sie keinen fanden, beschlossen sie, in Zukunft einen neuen einzuführen: Tar-Zan, den Dschungelgott mit dem Löwen.

Der freilich wußte davon ebensowenig wie einst von seiner adeligen Herkunft. Er hatte auch anderes zu tun. Die Sache war trotz des Überraschungserfolgs noch nicht ausgestanden. Sie saßen immer noch hier fest, und es war klar, daß die Bolganis weiterhin versuchen würden, sie zu töten, falls es ihm nicht gelang, neue und mehr Verbündete zu finden.
Er befahl zunächst Jad-bal-ja, den Platz auf dem Thron einzunehmen. Dann wandte er sich an die Gomanganis. Tarzan zeigte auf den Löwen: »Er ist der wahre Herrscher. Er hat keine Fesseln nötig, wie ihr seht. Geht in eure Hütten und erzählt den Leuten, was hier geschehen ist. Bittet sie um Hilfe. Beeilt euch, damit wir den Bolganis, die sicher bald wieder angreifen werden, organisierten Widerstand leisten können.« Die Schwarzen eilten davon. La, die in der Zwischenzeit unverwandt die schönen Augen auf Tarzan geheftet hatte, trat nun auf ihn zu. Bewunderung malte sich auf ihrem Gesicht. »Ich habe dir zu danken, Tarzan. Du hast soviel für mich getan. Ich weiß, daß du nur mir zuliebe hierhergekommen bist, um mich aus den Krallen dieser Unholde zu retten. Ich weiß auch, daß es nicht Liebe war, die dich dazu veranlaßte. Doch will ich nicht, daß du nun auch noch dein Leben für mich opferst. Die Lage ist aussichtslos. Ich weiß viel über die Bolganis. Ihre Rachsucht ist grenzenlos. Sie werden uns nicht ziehen lassen. Nur allein hast du noch Aussicht, mit dem Leben davonzukommen. Ich rate dir, dich nicht mehr um mich zu kümmern. Du hast genug für mich getan, und ich weiß nicht

einmal, warum. Rette dich.« Sie atmete tief und ihr hübscher Busen hob und senkte sich. Tarzan sah sie mit Wohlgefallen an. Aus den Worten, die er an sie richtete, sprach tiefe Zuneigung: »Ich bin anderer Meinung, schöne La. Wir haben mit Jad-bal-ja einen nicht zu unterschätzenden Trumpf in der Hand. Wenn meine Taktik richtig ist, sollte es uns gelingen, mit heiler Haut von hier wegzukommen und sogar noch die Gomanganis aus dem Joch der Sklaverei zu befreien. Doch meine Absichten gehen erheblich weiter. Nicht nur diese unmenschlichen Bolganis verdienen Strafe für ihre Mißachtung der Gesetze der Gastfreundschaft, sondern auch der abtrünnige Priesterklüngel von Opar, der dir so übel mitgespielt hat. Deshalb werde ich, wenn wir die Sache hier erledigt haben, nach Opar zurückgehen. Ich werde Cadj zwingen, zurückzutreten und dich wieder auf Opars Thron setzen, wie ich Jad-bal-ja auf den Thron dieses Palastes gesetzt habe. Erst wenn das geschehen ist, werde ich in mein Land zurückgehen, so wahr ich Tarzan bin.«

La hatte nicht die Absicht, ihn davon abzuhalten. Sie war von seinem Edelmut überwältigt. Der alte Mann freilich äußerte Bedenken, daß es ihnen gelingen würde, auch nur den ersten Teil des Planes zu verwirklichen. Und die Geschehnisse schienen ihm recht zu geben.

Draußen nämlich hatten sich die Bolganis neu formiert und drangen in großer Zahl in den Palast ein. Während die Eingeschlossenen ihre Bewegungen beobachteten, ging Tarzan zu dem großen Turmfenster und sah hinab. Zu seiner Freude erblickte er auf der anderen Seite mehrere hundert Schwarze, die ebenfalls auf dem Weg zum Palast waren. Das konnte die Rettung bedeuten. Er teilte seine Beobachtungen den anderen mit. Sie schöpften wieder ein wenig Hoffnung.

Als die ersten Bolganis vom Palast aus vorzudringen begannen, stießen sie auf die Vorhut der Gomanganis, die durch die Fenster in den Außenmauern gestiegen waren.

Der Kampf begann. Die Bolganis waren zahlenmäßig überlegen, die Schwarzen aber hatten den Vorteil, daß sie den Innenraum verteidigen konnten, der nur wenige schmale Eingänge hatte. Es gelang nur einzelnen Bolganis, die Kette der Verteidiger zu durchbrechen. Als Tarzan sah, daß es ihnen auf lange Sicht möglich

sein würde, die andrängenden Feinde aufzuhalten, winkte er den Alten zu sich, um sich kurz mit ihm zu beraten.
»Das Tor im Osten ist offen«, sagte er. »Ich habe es aufgemacht, als ich hier eindrang. Hältst du es für möglich, daß zwanzig bis dreißig Leute sich dorthin durchschlagen können? Ihre Aufgabe wäre es, den Leuten in den umliegenden Wäldern von dem Aufstand zu berichten und weitere Hilfstruppen zu holen.«
»Dein Plan ist eines großen Feldherrn würdig«, erwiderte der Alte. »Ich werde die besten mir bekannten Agitatoren auswählen.«
Wenige Minuten später verließen dreißig Gomanganis den Kampfplatz, mit dem festen Versprechen, innerhalb einer Stunde Verstärkung beizubringen. Tarzan wies sie noch an, die großen Riegel am Tor zu zerstören, damit die Bolganis keine Möglichkeit hatten, den Rückweg zu blockieren.
Der Kampf wogte noch immer unentschieden hin und her. Die Bolganis unternahmen gewaltige Anstrengungen, in den Thronsaal vorzudringen. Die Gomanganis leisteten erbitterten Widerstand. Trotzdem gelang einer kleinen Gruppe Gorillamenschen der Durchbruch. Die psychologische Wirkung auf die Gomanganis war verheerend. Zu lange waren sie unterdrückt gewesen, als daß sie die Furcht vor ihren einstigen Herren allzuschnell hätten verlieren können. Sie wichen entsetzt zurück.
Tarzan wußte, daß er jetzt eingreifen mußte, wenn nicht alle Mühe umsonst gewesen sein sollte. Er rief Jad-bal-ja zu sich und stürzte sich ins Kampfgewühl. Diesem Ansturm aus Mensch und Bestie waren die Bolganis nicht gewachsen. Sie flohen. Etwa fünfzehn Bolganis wurden umzingelt und mußten sich ergeben. Die Gomanganis sahen den Erfolg und machten sich durch laute Freudenschreie Mut. Es gelang ihnen, die Eindringlinge erneut zurückzuwerfen.
Tarzan wandte sich an einen der gefangenen Bolganis. »Geh zu deinen Leuten und sage ihnen, sie sollen sich unverzüglich ergeben.« Der Mann beriet sich flüsternd mit den anderen und machte sich dann auf den Weg. »Du bist ein unverbesserlicher Optimist, Tarzan«, sagte der Alte, der die Szene verfolgt hatte. »Sie werden sich nie ergeben. Mach dich auf Hinterlist und Verrat gefaßt. Denn das entspricht ihrem Wesen mehr als offener Kampf.«

Tarzan rief Jad-bal-ja zu sich und stürzte sich in das Gewühl.

»Ich weiß«, sagte Tarzan. »Auf der anderen Seite müssen wir Zeit gewinnen, bis die Hilfstruppen ankommen.«
Die Gefangenen wurden in einem Nebenraum eingeschlossen und bewacht. Eine halbe Stunde verging ereignislos. Die Bolganis schienen sich zu beraten. Zumindest hatten sie seit Erscheinen des Boten die Feindseligkeiten eingestellt.
Dann kam der Bolgani zurück.
»Nun?« fragte Tarzan kurz und bündig.
»Sie wollen sich nicht ergeben«, berichtete der Gorillamensch. »Sie bieten dir aber freien Abzug an unter der Voraussetzung, daß du die gefangenen Bolganis herausgibst.«
Tarzan schüttelte den Kopf. »Das ist mir zu wenig. Ich bin mächtig genug, die Bolganis völlig zu vernichten. Und mit mir kämpft der wahre Numa, der König der Tiere, der heute schon viele eurer Artgenossen getötet hat. Und ich, Tarzan, bin sein Herr und Meister, und wahrlich, ich sage euch, ihr werdet meinen Zorn und den Numas zu spüren bekommen, wenn ihr meine Forderungen mißachtet. Die Gomanganis sind mein Volk. Die Bolganis aber werde ich zu meinen Sklaven machen. Geh hin und sage dies deinen Leuten. Sage ihnen, wenn ihnen ihr Leben lieb ist, sollen sie herkommen und mich um Gnade bitten. Sonst werde ich keinen von ihnen verschonen.«
Der Bolgani machte kehrt und ging wieder zu seinen Leuten zurück. Offenbar hatten ihn Tarzans Worte tief beeindruckt. Weniger beeindruckt allerdings schien der Alte zu sein, der die List Tarzans durchschaut hatte. »Das bedeutet wieder eine Stunde Ruhe«, sagte er und grinste.
»Wir werden sie bitter nötig haben«, sagte Tarzan.
Er benutzte die neuerliche Kampfpause dazu, die Gomanganis von der zu erwartenden Verstärkung zu unterrichten und sie zu höchster Wachsamkeit zu ermahnen. Zwar teilte er nicht die unsinnige Furcht des Greises vor den Gorillas, doch auch ihm war klar, daß diese vor keiner Teufelei zurückschrecken würden.
Die auffällige Ruhe, die seit einiger Zeit herrschte, bestärkte Tarzan in seiner Vorsicht. Die Zahl der Bolganis schien sich verringert zu haben. Tarzan vermutete, daß dies weniger mit der Unlust der Bolganis, ein Abendessen zu versäumen, zusammenhing, als vielmehr mit einer neuen Aktion, die sie gegen die Eingeschlossenen planten. So war es auch. Die Bolganis hatten sich in

der Zwischenzeit verteilt und hielten das Gebäude jetzt hermetisch umzingelt. Lediglich vor dem Haupteingang hatten sie eine stärkere Truppe von etwa 50 Leuten postiert, die offensichtlich von dem tatsächlichen Vorhaben ablenken sollten. Keiner wußte, was sie wirklich im Schilde führten.
Plötzlich schrie La auf. Tarzan wirbelte herum. Die Oberpriesterin von Opar starrte mit weit aufgerissenen Augen zur Decke empor.

15

Nachdem Esteban und Owaza notdürftig das Gold verscharrt hatten, gingen sie zu der Stelle zurück, wo ihre fünf Träger auf sie warteten. Dann kämpften sich alle zusammen zum Flußufer vor. Hier wurde großer Kriegsrat gehalten, und Owaza schlug vor, den Haupttrupp der Expedition tunlichst zu meiden und sich zur Küste durchzuschlagen. Von dort aus würde man mit einem starken Kontingent Träger hierher zurückkommen und den ganzen Goldschatz zur sicheren Küste befördern.
Esteban strich sich bedenklich durchs Haar. »Dann machen wir den Weg dreimal hintereinander! Können wir nicht gleich im nächsten Dorf Träger anheuern?«
»Die Leute hier sind keine Träger, sondern Farmer«, sagte Owaza nicht ohne einen gewissen Stolz auf seine bäuerliche Abstammung.
Abermals ahmte Esteban unbewußt die typische Geste des Affenmenschen nach, wenn er am Grübeln war.
»Ich hab's!« rief er plötzlich. »Zuerst warten wir eine Weile, denn Flora und ihre Bande sind noch zu nah, als daß wir ein Zusammentreffen mit ihnen sicher vermeiden könnten. Nach zwei kurzen Monaten, in denen wir uns mit ein bißchen Goldstaub in den umliegenden Kaffs ein angenehmes Leben machen werden, nehmen wir uns Träger immer nur von einem Dorf zum nächsten. Deshalb tauschen wir gleich morgen im nächsten Dorf einen der kleineren Goldbarren gegen einige Säcke haltbarer Naturalien ein.«
»Du sprichst Worte der Weisheit«, stimmte Owaza bei, und die Träger nickten heftig.

Als die beiden am nächsten Tag den einzelnen Goldbarren holten, nahm Esteban in einer einsamen Minute die Gelegenheit wahr, sich auf der Innenseite seines Lendenschurzes einen genauen Lageplan des Schatzes anzufertigen. »Sicher ist sicher«, murmelte er, grimmig lächelnd, vor sich hin. Hastig schlang er nach kaum vollendeter Arbeit den Schurz um die Hüften, denn er hörte die nahenden Schritte Owazas.

Als Jane Clayton, Lady Greystoke, die Küste erreichte, wartete ein Eilkabel auf sie: ihr Vater sei außer Lebensgefahr, ihr Kommen nicht mehr nötig.
So machte sie sich, nach einer kurzen Verschnaufpause von zwei Tagen, halb ärgerlich, halb erleichtert, auf den langen Rückmarsch. Nach vierzehn Tagen voller Entbehrungen mußte sie, deren Sehnsucht nach ihrem geliebten Gatten fast stündlich gestiegen war, von den Waziris erfahren, daß Tarzan unbegreiflicherweise noch nicht aus Opar zurückgekehrt sei. Korak, selbst sichtlich beunruhigt, wies dennoch jeden Gedanken, daß etwas passiert sein könnte, weit von sich und erinnerte an Tarzans besondere Fähigkeiten. Während noch Jane zu bedenken gab, daß schon frühere Ausflüge nach Opar nicht den glücklichsten Ausgang gehabt hätten, trafen die Waziris unter Usula ein – ohne Tarzan.
Nun galt es zu handeln, denn die Geschichten, die Usula den beiden zu erzählen hatte, waren alles andere als beruhigend.
»Ich werde ihn suchen gehen«, sagte Jane bestimmt.
»Nein ich!« rief Korak schnell.
»Aber das ist zu gefährlich!« Listig fügte sie hinzu: »Wer soll dann unsere Häuser und Plantagen bewachen?«
»Tarzan braucht männliche Hilfe, kein liebendes Herz, wenigstens im Augenblick!«
An ihrer empfindlichsten Stelle getroffen, versetzte Jane beleidigt: »Und wer hat die längere Dschungelerfahrung?«
Korak schien durchaus nicht überzeugt. Er wollte gerade zu einer längeren Rede ansetzen, als Jane kurzerhand entschied: »Ich werde gehen und du bleibst hier. Ich nehme fünfzig Waziris mit. Wenn ich mit Tarzan wiederkomme, möchten wir alles in ordentlichem Zustand wiederfinden!«
Korak mußte sich wohl oder übel fügen. Wenn das so weiterging, würde er, der Kronprinz des Dschungels niemals fähig sein, die Regentschaft zu übernehmen!
Am nächsten Morgen, vor dem ersten Hahnenschrei, machte sich Lady Jane mit fünzig ausgewählten Waziri-Recken auf, ihren Lord zu suchen.

Als Esteban und Owaza nicht zum Lager zurückkamen, war man zunächst allgemein besorgt. Diese Empfindung machte allerdings bald einer gewissen Hochstimmung Platz, denn im Geiste sah man

»Ich werde Tarzan suchen«, sagte Jane bestimmt. »Nein, ich«, rief Korak.

die Berge von Elfenbein bereits vor sich, die nun nur noch durch fünf statt durch sechs zu dividieren waren. Übrig blieb die Schwierigkeit, die leicht aufsässigen Schwarzen ohne den erfahrenen und kompromißbereiten Owaza bei der Stange zu halten.

Luvini, ihr neuer Anführer, sah die Situation so: »Owaza und der Massa haben sich allein auf den Weg zu den Elfenbeinjägern gemacht. Sie wollen die Träger der Araber zur Rebellion anstiften und uns unsere Beute vor der Nase wegschnappen!«

»Das klingt verdammt überzeugend«, knirschte Kraski bitter. »Würde jedenfalls zu diesem Sohn einer räudigen Hündin passen!« Mit lauerndem Blick sah er zu Flora hinüber.

Ohne Wirkung zu zeigen, wandte sich diese an Luvini. »Kannst du uns zum Lager der Elfenbeinjäger führen?«

»Ja«, antwortete er.

An Floras überlegenem Lächeln, das sie plötzlich zur Schau trug, konnte man sehen, daß sie wieder mal einen Plan ausgeheckt hatte. »Wie wäre es« – sie machte eine längere Kunstpause, um die gierigen Blicke zu genießen, mit denen ihre dümmlichen Begleiter an ihren Lippen hingen, ». . . wenn wir einen Schnelläufer zum Lager der Araber vorausschickten und sie vor Esteban und den anderen warnten. Wenn wir dann eintreffen, wird man uns als Freunde empfangen – und wir haben um so leichteres Spiel, ihnen ihre Reichtümer abzujagen!«

»Phantastisch«, flüsterte Adolf Bluber, »einfach phantastisch.«

Auch die anderen waren des Lobes voll für Floras Einfallsreichtum. Kraski hatte wieder einmal allen Grund, sie versonnen anzublicken, einen leisen Schmerz in der Brust bekämpfend.

Eine Woche später, als sie das Lager der Araber erreichten, trafen sie ihren Eilboten wohlbehalten an: man erwartete sie bereits. Dummerweise hatten sich aber Esteban und Owaza noch nicht blicken lassen – kein Wunder, daß die Araber die Ankömmlinge als ungebetene Gäste behandelten, die sich anscheinend mit List und Tücke in ein gemachtes Bett einschleichen wollten. Nur die angeborene Gastfreundschaft der Wüstenvölker, die auch diesen verwegenen Gestalten innewohnte, mag die Europäer vor einem sicheren Ende bewahrt haben.

Inzwischen waren Jane und die Waziris nach einigen Gewaltmärschen auf die Fährte Floras und der übrigen gestoßen. Sie

führte von dem Lager fort, in dem die Waziris Esteban zum letztenmal gesehen hatten, den sie immer noch für Tarzan hielten. Man folgte der Spur so eilig wie möglich und so kam es, daß man bereits eine Woche nach Flora Hawkes' Ankunft das Lager der Elfenbeinjäger erreichte. In sicherer Entfernung und unter dem Schutz einer besonders dicken Boma bereitete man sich auf den folgenden, bestimmt anstrengenden Tag vor.
Luvini hatte inzwischen, auf Floras Geheiß, die Unzufriedenheit unter den schwarzen Trägern der Araber angeheizt. Alles war bereit für einen Handstreich. Er hielt seine Auftraggeberin fast stündlich über den Fortgang seiner subversiven Bemühungen auf dem laufenden; über den Plan, der in seinem bösartigen Gehirn herangereift war, schwieg er sich allerdings aus. Es war seine feste Absicht, nach der erfolgreichen Ermordung der Araber auch die restlichen Weißhäute in ihren christlichen Himmel zu schicken. Dann würden ihm, Luvini, als neuem Herrscher Innerafrikas alle Schätze und obendrein noch Flora Hawkes gehören – dieses schöne Lärvchen, das ihn die längste Zeit mit ihrer Nichtachtung gestraft hatte. Sie war die Einzige, die nach Luvinis finsterem Willen das schreckliche Massaker überleben sollte.
Aber Luvinis Plan wurde durchkreuzt. Und zwar von jemandem, den er seinerseits keines Blickes gewürdigt hatte, obwohl er ihn gut kannte: Flora Hawkes' Negerboy, der mit abgöttischer Liebe an seiner weißen Herrin hing. Denn trotz aller verschlagenen Bösartigkeit, die Floras Intrigen und Anschläge kennzeichnete, zeigte sie sich doch Ido gegenüber von ihrer besten Seite.

So geschah es, daß Ido eines Abends, kurz vor dem kärglichen Nachtmahl, in Floras Zelt geschlichen kam. Großäugig stand er vor ihr, seine dunkle Haut schimmerte wie Perlmutt im sanften Flackern der Kerosin-Lampe.
»Was gibt's?« fragte sie.
»Sch!« machte er angstvoll. »Niemand darf wissen, daß ich mit dir gesprochen habe. Komm mit deinem Ohr nahe an meinen Mund, und ich werde dir eine wahre Geschichte erzählen!«
»Nun?« Flora nickte ihm halb unwillig, halb aufmunternd zu.
»Luvini! Er will zuerst die Elfenbeinmänner töten und dann euch! Nur du sollst am Leben bleiben. Dich will er für sich selbst haben, oder er wird dich als Sklavin an die Libyer verkaufen!«

»Und wieso weißt du das alles?« fragte Flora, doch etwas beunruhigt.
»Alle Schwarzen im Lager wissen es! Ich habe die Aufgabe, dein Gewehr und deine Pistole zu stehlen!«
Flora sprang auf. »Das sollen sie mir büßen!« rief sie und griff nach ihren Schußwaffen.
»Nein, nein!« rief der Junge. »Sie dürfen nicht erfahren, daß du alles weißt. Sonst werdet ihr nur früher getötet. Alle Schwarzen sind gegen euch. Ihr müßt fliehen, und zwar heimlich und möglichst bald.«
Sie blickte ihre kleine schwarze Perle, wie sie Ido manchmal insgeheim nannte, einen Augenblick lang prüfend an. »Also gut. Ich werde deinen Rat befolgen. Du hast mir das Leben gerettet. Vielleicht bin ich eines Tages in der Lage, Gutes mit Gutem zu vergelten.
So schnell wie er gekommen war, verschwand Ido wieder. Unverzüglich trommelte Flora ihre zwielichtigen Kumpane zusammen. Bluber war für sofortige Flucht, die beiden Engländer für einen Überraschungsangriff. Schließlich setzte sich Floras und Kraskis Meinung durch, daß man bei der nächsten günstigen Gelegenheit – und das hieß unbedingt im Schutz der Nacht – sich unbemerkt davonschleichen würde.
Mitten in die geheime Unterredung platzte plötzlich Luvini. Erschrocken starrte ihn die kleine Gesellschaft an. Aber er schien nichts Befremdliches wahrzunehmen und flüsterte mit Verschwörermiene:
»Alles ist bereit. Heute nacht passiert es. Nach dem Abendessen werdet ihr einen Schuß hören, das ist das Signal.«
»Sehr gut«, sagte Kraski, der als erster die Fassung wiedergewann. »Wir haben gerade über alles beratschlagt und uns entschieden, in der Nähe des Tors zu kämpfen, um ihnen den Fluchtweg abzuschneiden.«

Bald nach diesem denkwürdigen Gespräch brach die Nacht herein. Einige der ebenso nichtsahnenden wie gefräßigen Araber hatten noch den letzten Bissen Dörrfleisch im Mund, als der verabredete Schuß fiel. Einer von ihnen sackte lautlos in sich zusammen. Die anderen sprangen auf und griffen zu den Gewehren. Die Luft war erfüllt von kehligen Kriegsschreien der zahlenmäßig weit

überlegenen Schwarzen, dem Röcheln verendender Araber, vom Knall der Kugeln und dem Schwirren der Speere.
Der Ausgang der ungleichen Schlacht war schon vor ihrem Beginn entschieden. Nachdem der letzte der Nomaden sein Leben ausgehaucht hatte, blickten die siegreichen Schwarzen um sich; sie suchten die fünf Europäer. Es ging jetzt nicht mehr um den Besitz des Elfenbeinschatzes. Die blanke Mordlust hatte sie gepackt; die Rache für jahrhundertelange Unterdrückung schien nahe.
Aber die Weißen hatten sich offensichtlich heimlich aus dem Staub gemacht. Hastig durchsuchte man ihre Zelte. Keine Spur.
Mit grimmigen Gesichtern machte man sich unter Führung von Luvini auf die Suche nach dcn Entkommenen, deren Spuren mit Hilfe der Pechfackeln sehr schnell gefunden wurden.

16

Rauchbomben vernebelten den Thronraum, in dem sich La, Tarzan und die Gomanganis aufhielten.
Das also war die List der Bolganis gewesen: Man wollte die Eingeschlossenen ausräuchern. La, die erkannte, daß es nichts nützte, hörte auf zu schreien. Die Gomanganis drängten sich hilfesuchend um Tarzan.
»Mir scheint, wir sollten den Turm allmählich verlassen und einen Ausbruchversuch unternehmen«, sagte er nach reiflicher Überlegung. Der kahlköpfige Alte widersprach ihm:
»Ich habe einen besseren Plan. Wenn wir den Turm auf dem normalen Weg verlassen, werden wir niedergemetzelt. Die Bolganis warten nur darauf. Aber soviel ich weiß, existiert noch ein Geheimgang aus uralten Zeiten, der von hier aus zum Turm der Diamanten führt. Wir sollten den undurchdringlichen Nebel, den die Rauchbomben verursachen, ausnützen, um unbemerkt zu verschwinden.«
»Wunderbar!« rief Tarzan, froh, daß auch einmal ein anderer eine gute Idee hatte. »Genau das werden wir tun.«
Mutig kämpfte das kleine Häuflein gegen den anhaltenden Hustenreiz, bis der Rauch dick genug im Raum stand.
Dann folgten sie dem vorangehenden Alten, der auf einen Vorhang zustrebte, hinter dem sich der Eingang verbarg. Tarzan, La und Jad-bal-ja als nächste.
Sie kamen durch einen niedrigen Korridor, der in einen düsteren, halbverfallenen Gang mündete.
Der Alte blieb stehen und entzündete eine Fackel, die dort schon jahrzehntelang gelegen haben mochte. Es dauerte nicht lange, und das flackernde Licht erhellte ein massives Tor, das den Zugang zu einer unterirdischen Kammer zu bilden schien. Es war nicht verschlossen.
Tarzan drang unerschrocken in die Kammer ein. Was er sah, erfüllte ihn mit Erstaunen. Die Wände waren durch riesige Regale verstellt, auf denen kleine Ledersäcke gelagert waren. Und zwar schon sehr lange, wie die dicke Staubschicht auf manchen von ihnen bewies.
»Diamanten«, sagte der Alte. »Lauter Diamanten. Jeder dieser

Säcke wiegt 5 Pfund. Die Bolganis haben sie seit Urzeiten hier angehäuft. Sie schürfen weit mehr, als sie brauchen, um ihre Prunksucht zu befriedigen. In ihren Legenden ist davon die Rede, daß eines Tages die Atlantiden zurückkommen werden. Sie wollen ihnen die Diamanten verkaufen, wie sie das in grauer Vorzeit taten. Narren, die sie sind. – Hier!«

Mit diesen Worten nahm er zwei der Säcke und händigte sie La und Tarzan aus.

Auch sich selbst vergaß er nicht.

»Man kann nie wissen«, murmelte er in seinen Bart.

Dann beeilten sie sich, aus der Schatzkammer zu verschwinden.

Im Erdgeschoß des Turmes angegelangt, beratschlagte man, wie der Ausbruch durchzuführen sei. Tarzan befahl dem Alten, sich um La zu kümmern und mit der Mehrzahl der Gomanganis in Richtung Opar zu marschieren. Er selbst wollte mit einigen Freiwilligen versuchen, die Bolganis solange aufzuhalten.

Die Bolganis, die immer noch den Thronsaal belagerten, bemerkten die Flüchtenden erst, als Tarzan und Jad-bal-ja schon am östlichen Tor angelangt waren. Mit teuflischem Geheul machten sie sich an die Verfolgung. La erschauerte. Der Gedanke, im Falle eines Scheiterns Hunderten dieser Unholde ausgeliefert zu sein, ließ sie einen verzweifelten Entschluß fassen.

»Ich gehe nicht nach Opar, Tarzan. Ich bleibe hier an deiner Seite«, rief sie dem Affenmenschen zu.

»Wer so entschlossen ist, den kann ich nicht hindern«, sagte er, bevor er sich den anstürmenden Feinden entgegenwarf. Einige beherzte Gomanganis schlossen sich ihm an. Die anderen freilich schienen nichts anderes im Sinn zu haben, als eiligst im Dschungel zu verschwinden und eine möglichst große Strecke zwischen sich und die ehemaligen Unterdrücker zu bringen.

Tarzan ließ sie gewähren. Es war sinnlos, mit verängstigten Männern gegen die heranbrausende Horde der Gorillamenschen zu kämpfen. Die einzige Hoffnung, die noch blieb, war, Verstärkung durch die Dschungelgomanganis zu erhalten.

Und tatsächlich, gerade als die ersten Bolganis auf Pfeilschußweite heran waren, brachen die von Tarzans Leuten angeworbenen Hilfstruppen aus dem Unterholz.

»Auf sie!« rief Tarzan und stürzte als erster den Bolganis entgegen. Jad-bal-ja folgte ihm auf dem Fuß.

Das Gemetzel begann. Der Löwe fuhr unter die Angreifer wie ein urzeitliches Fabeltier, und Tarzan hatte alle Hände voll zu tun, ihn von den eigenen Leuten abzuhalten. Nach kurzer Zeit war der Kampf entschieden. Die Gomanganis nahmen die Gelegenheit zur Rache an ihren Unterdrückern so gründlich wahr, daß sie erst einhielten, als die Bolganis bis fast zum letzten Mann aufgerieben waren. Der kümmerliche Rest ergab sich verzweifelt.

Anschließend versammelten sich die Sieger im Thronsaal. Tarzan ergriff das Wort.

»Tapfere Gomanganis!« rief er. »Ihr habt eure Unterdrücker für immer besiegt. Jetzt müßt ihr ohne sie existieren. Das wird euch nicht leichtfallen, da ihr nicht gelernt habt, eure Angelegenheiten selbstständig zu regeln. Ihr braucht jemand, der euch dabei hilft. Wer soll das sein?«

»Tarzan!« riefen die Gomanganis wie aus einem Munde.

Der aber winkte bescheiden ab.

»Ich habe anderes zu tun. Noch ist Afrika unsicher, noch ist der Dschungel nicht befriedet. Noch sind weiße Frauen hierzulande ihres Lebens nicht sicher. Und außerdem habe ich eine Familie. Aber unter euch ist einer, der viel weiß und der euch kennt wie sonst keiner.« Damit deutete er auf den bärtigen Alten. »Er soll euch in Zukunft mit Rat und Tat zur Seite stehen.«

Die Gomanganis brachen in lauten Jubel aus.

Nachdem also diese Angelegenheit zu aller Zufriedenheit geregelt war, wandte sich Tarzan an das karge Häuflein der etwa hundert Bolganis, die den Untergang ihres Volkes überlebt hatten. Es widerstrebte ihm, den geschlagenen Gegner der Willkür der immer noch aufgebrachten Schwarzen zu überlassen.

»Euer Schicksal ist ungewiß und wahrscheinlich düster. Hier könnt ihr nur als Sklaven bleiben, ohne Aussicht, auf die Dauer zu überleben. Um ein neues Land zu unterwerfen, seid ihr zu wenig. Was wollt ihr tun?«

Die Bolganis, in stumpfes Brüten versunken, zuckten hilflos die breiten Schultern. Sie waren Krieger und tapfere Kämpfer. Eine andere Existenzform erschien ihnen unwürdig und unmöglich.

Tarzan fuhr fort: »Neben mir steht La, die Königin und Oberpriesterin des Landes Opar. Verbrecherische Machenschaften haben sie aus der Heimat vertrieben. Ich werde versuchen, sie wieder in ihre angestammten Rechte einzusetzen. Doch ich werde

nicht immer in Opar bleiben können, um für Ruhe und Ordnung zu sorgen. Das wäre die Aufgabe einer Truppe von tapferen Kämpfern, die La treu ergeben sind. Solltet ihr euch entschließen können, unsere ehemalige Feindschaft zu vergessen und uns nach Opar zu folgen, habt ihr die Möglichkeit, altes Unrecht wieder gutzumachen und später als Leibwache der Oberpriesterin in Opar zu leben. Überlegt euch mein Angebot, ein besseres weiß ich nicht.«
Die Bolganis, die froh waren, auf diese Art Gevatter Tod von der Schippe zu hüpfen, nahmen nach kurzer Diskussion an.
Sie schworen La Gefolgschaftstreue und Sippenhaftung. La war es zufrieden. Sie hatte seit jeher etwas für echte Männer übrig gehabt. Und das waren die Bolganis zweifelsohne.
Am nächsten Morgen brach die Racheexpedition auf. Dreitausend Gomanganis hundert Bolganis und Jad-bal-ja folgten Tarzan und La, um den abtrünnigen Cadj der gerechten Strafe zu überführen. Sie unternahmen keinen Versuch, ihre Annäherung verborgen zu halten, sondern marschierten geradewegs auf Opar zu.
Cadj, der nichts von der drohenden Gefahr ahnte, kam gerade von dem Hochamt zurück, das er zelebriert hatte. Seit er an der Macht war, zelebrierte er nur noch Hochämter. Er wußte, daß Macht und Pracht sich nicht nur aufeinander reimen, sondern auch vorzüglich ergänzen.
Das gemeine Volk von Opar dankte es ihm mit wohltuenden Ovationen. Weniger angetan von den liturgischen Neuerungen hingegen schien Oah, die Oberpriesterin, zu sein, die die ungezügelte Herrschsucht Cadjs nicht so ohne weiteres hinzunehmen bereit war.
»Treib es nicht zu toll, mein Guter!« beschwerte sie sich. »Ich bin nicht länger gewillt, zuzusehen, wie du dir langsam meine Rechte aneignest und mich zur Marionette deiner Machtgelüste machst. Und auf keinen Fall werde ich dir zugestehen, die Opferzeremonie für den Feuergott auszuführen, wie du frevlerischerweise von mir verlangst.«
Cadj war nicht zu beeindrucken. Er wußte, daß Oah nicht nur in der Öffentlichkeit von ihm abhängig war. Schließlich war er der einzig akzeptable Mann weit und breit. Er brummte eine abfällige Bemerkung und nahm an der reichgedeckten Frühstückstafel Platz.

Plötzlich entdeckten sie zu ihrer Verwunderung in einiger Entfernung vor sich ein Licht.

Doch er sollte nicht dazu kommen, die Freuden des Gaumens zu genießen. Denn in diesem Augenblick stürmte einer der Wächter in den Tempelhof und schrie mit überschnappender Stimme: »Die Bolganis kommen!«

Cadj reagierte schnell und entschlossen. »Auf eure Posten!« rief er den Priestern und Kriegern zu. »Holt die anderen. Frauen und Kinder in die Häuser.«

Eine Fanfare ertönte. Die Krieger von Opar, mit schweren Keulen und kurzen Schwertern bewaffnet, strömten vor dem Tempel zusammen. Wutschreie brandeten auf, als sie Tarzan an der Spitze ihrer Erbfeinde erblickten.

Eilig rafften sie Felsbrocken auf und begannen, sie auf die Gegner zu schleudern. allerdings ohne großen Erfolg.

Tarzan trat furchtlos einige Schritte vor.

»Wie ihr seht, sind wir zurückgekommen. La, eure rechtmäßige Herrin, ist bei uns. Wir werden ihr zu ihrem Recht verhelfen und die Verräter bestrafen. Cadj wird seinem Schicksal nicht entgehen. Ergebt euch, wenn ihr Blutvergießen vermeiden wollt.«

Während er sprach, war La an seine Seite getreten und zeigte sich den Kriegern Opars. Jubel wurde laut. Sie hatte noch viele heimliche und offene Anhänger in ihrem Volk.

Cadj merkte, daß nur wenig fehlte, um die Stimmung gegen ihn zu wenden, und befahl seinen Anhängern, anzugreifen. Er selbst warf den ersten Stein auf Tarzan, verfehlte ihn jedoch.

Jetzt gab auch Tarzan das Zeichen zum Angriff.

Siegesgewiß stürmten die Bolganis und Gomanganis auf die drohend erhobenen Keulen der Krieger von Opar los.

Schädel krachten, Knöchel brachen, Haarbüschel flogen durch die Luft, Schmerzensschreie gellten. Der Teufel war los.

Tarzan hatte nur ein Ziel: Cadj. Die wenigen Krieger, die es wagten, sich ihm in den Weg zu stellen, schleuderte er verächtlich zur Seite.

Der Oberpriester, der die Gefahr erkannte, die auf ihn zukam, floh ins Innere des Tempels. Tarzan wußte, daß er ihn bald einholen mußte, denn in den unterirdischen Labyrinthen gab es zu viele Möglichkeiten, sich vor Feinden zu verbergen.

Er hatte Mühe, dem wieselflinken Verräter zu folgen, denn einige der jüngeren Priester waren auf ihn aufmerksam geworden und versuchten, ihm den Weg abzuschneiden.

Jetzt gab auch Tarzan das Zeichen zum Angriff.

Tarzan wurde wütend. Cadj durfte ihm diesmal nicht entkommen! Er packte kurzerhand den erstbesten Verfolger an den krummen Beinen und schwang ihn einige Male im Kreis. Dann warf er das lebende Geschoß den Nachstürmenden an den Kopf. Sie gingen zu Boden.
Tarzan hastete weiter. Cadj hatte durch den Zwischenfall einen kleinen Vorsprung gewonnen und verschwand gerade im Tempelvorhof, wo die Opfer für den Feuergott dargebracht wurden. Kurz dahinter befanden sich die Eingänge zum Labyrinth. Tarzan, mangels Lianen etwas langsamer als üblich, setzte jetzt seine ganze Kraft ein. Das war sein Verhängnis.
Denn so übersah er die raffiniert ausgelegte Fußangel, die jemand in heimtückischer Absicht gelegt hatte, und stürzte in vollem Lauf auf den harten Steinboden.
Als er wieder zu Bewußtsein kam, war er dem unerfreulichen Anblick der verzerrten Fratze Cadjs ausgesetzt, der sich, den heiligen Opferdolch in der Faust, über ihn beugte.
Tarzan wußte sofort, woran er war:
Er lag wieder einmal auf dem Altar des Feuergottes, gefesselt, wehrlos und ohne die geringste Chance.
Er dachte an Jane.
Er dachte an Korak.
Er dachte an . . .
Doch Cadj unterbrach ihn respektlos. Er wollte seinen Triumph voll auskosten.
»Das Maß ist voll, Affenmensch«, zischte er. Haß entstellte die ohnehin nicht sehr ansprechenden Gesichtszüge. »Die Stunde der Rache hat geschlagen. Für mich! Und diesmal gibt es keine Rettung.«
Langsam hob sich das Opfermesser und zielte auf Tarzans Brust. Da peitschte ein Schweif auf steinigen Boden. Ein gewaltiger Rachen öffnete sich zu machtvollem Gebrüll: Jad-bal-ja!
»Töte!« schrie Tarzan. Es war das einzig Sinnvolle, das er in dieser Lage tun konnte.
Das halbgesenkte Messer fuhr wieder hoch. Cadj schnellte herum. Das letzte, was er in seinem Leben zu Gesicht bekam, war der weitgeöffnete Rachen des riesigen Löwen mit der schwarzen Mähne.
»Gut gemacht, mein Kätzchen«, sagte Tarzan.

Am nächsten Morgen machten sich Tarzan und Jad-bal-ja auf den Heimweg.

Dann machte er es sich auf dem Opfertisch so bequem wie möglich. Eine Stunde später fanden ihn La und die siegreichen Bolganis.

»Er ist tot«, sagte Tarzan, nachdem man ihn befreit hatte, und wies auf die Leiche des ehemaligen Oberpriesters von Opar. »Jetzt wird hier niemand mehr Haß predigen wollen.«

Das auffordernde Lächeln der Oberpriesterin ließ ihn ungerührt. Er hatte seine Schuldigkeit getan und fühlte keine weitere Verpflichtung.

Auch das exzellente Festmahl vermochte ihn nicht umzustimmen. Er aß, was ihm auf den goldenen Tellern der alten Atlantiden serviert wurde, und trank von dem jahrhundertealten Wein. Er plauderte mit seiner charmanten Gastgeberin und gab einige seiner früheren Abenteuer zum Besten. Als die große Siegesorgie begann, zog er sich mit Jad-bal-ja zurück und schlief an dessen Seite, bis der Morgen graute.

Dann machten sich die beiden auf den langen Heimweg.

Es war ihnen am liebsten so.

17

Flora Hawkes und ihre Gefolgschaft stolperten blindlings vor sich hin, den mannigfachen Schrecken und Fährnissen des nächtlichen Dschungels ausgesetzt, auf ihren Fersen Luvini mit seiner blutgierigen Meute.
Sie hatten die Orientierung verloren – falls sie sie je besessen hatten, denn bisher hatten sie sich immer auf ihre schwarzen Führer verlassen können.
Plötzlich entdeckten sie zu ihrer Verwunderung in einiger Entfernung vor sich ein Licht. Was konnte das bedeuten? Waren sie im Kreis herumgelaufen, standen sie abermals vor der Stätte des grausigen Pogroms? Es war Kraski, der die dichte Dornenboma, die das Lager umgab, als erster entdeckte: Es mußte sich also um Fremde handeln. Als sie vorsichtig näher kamen, fanden sie sich plötzlich von einem Dutzend furchterregender schwarzer Hünen umringt, die sie schweigend, aber mit eindeutigen Gesten in den Schein des Lagerfeuers dirigierten.

Welch freudige Überraschung, dort auf eine weiße Frau zu stoßen! Sie stand aufrecht da, das blonde Haar gelöst und im Abendwind wehend. Eine Leibwache von vier waffenstarrenden, finster dreinblickenden Gesellen stellte sich drohend vor ihr auf. Erleichtert und mit ungekünstelter Freude lief Flora furchtlos auf ihre Geschlechtsgenossin zu.
Da stockte sie.
»Flora!« rief Jane erstaunt. »Flora Hawkes! Wie kommen Sie um Gottes willen in den afrikanischen Dschungel?«
»Lady Greystoke«, konnte Flora gerade noch hauchen, bevor sie ohnmächtig niedersank. Diesmal allerdings schauspielerte sie, denn jetzt konnte ihr nur noch ein wohldurchdachtes Lügengewebe aus der Klemme helfen.
Tatsächlich hatte sie schon bald allen Grund, wieder aufzuwachen und auf ihre Erfindungsgabe stolz zu sein. »Ich bin hier«, sagte sie leise und noch etwas geschwächt zu der sich sorgend über sie beugenden Jane, »um mit Herrn Dr. Bluber und einigen anderen Experten auf dem Gebiet der Rispenranker eine wissenschaftliche Expedition zu machen. Da ich mit Ihnen und Lord Greystoke

schon einmal in Afrika gewesen bin, hat man mich sozusagen als Landeskundige mitgenommen. Wir waren gerade auf dem Weg zu Ihren Siedlungen, um Sie um eine Passiererlaubnis zu bitten, als sich unsere Träger, diese Schurken, gegen uns erhoben. Sie sind uns auf den Fersen! Wenn Sie uns nicht beistehen, sind wir verloren!«

Erleichtert atmeten Kraski und die beiden Engländer auf, während Bluber sein ohnehin runzliges Gesicht in zusätzliche, skeptische Falten legte, die er wahrscheinlich für wissenschaftlich hielt.

»Sind es Träger von der Westküste?« fragte Jane.

»Ja«, antwortete Flora.

»Dann dürften sie für meine Waziris kein ernsthaftes Problem darstellen. Wieviel sind es denn?«

»Ungefähr zweihundert.«

Tarzans Frau schüttelte den Kopf. »Vier zu eins, das ist ein bißchen viel. Aber Westküstenneger sind Sklavenneger, außerdem haben sie noch nie besonders gut geschossen.«

Usula bemerkte schlicht und einfach: »Und wir sind Waziris.«

Nochmals hatten die Ankömmlinge allen Grund aufzuatmen. Aber da erklang auch schon das wilde Kriegsgeschrei des anstürmenden Gegners. Die Waziris hatten schon längst unter Tarzans zivilisierendem Einfluß diese unschöne Weise abgelegt, einen Strauß auszufechten. Grimmig, voll verhaltener Kampfeslust starrten sie dorthin, wo sich der Feind demnächst zeigen mußte.

Als die schnellsten aus Luvinis ungeordnetem Haufen plötzlich die Dornenboma und dahinter die gutpostierten Krieger bemerkten, die sie anscheinend schon erwarteten, machten sie verdutzt halt. Luvini, der die zahlenmäßige Unterlegenheit der Feindesmacht sofort erkannte, hielt eine über weite Strecken hin unverständliche, jedoch flammende Angriffsrede. Er begleitete und unterstrich seine Worte mit absurden Verrenkungen seines langgliedrigen, vierschrötigen Körpers. Die anderen stimmten in diesen bizarren Kriegstanz ein, und bald waren die vereinten Streitkräfte Augenzeugen einer original westafrikanischen Folklore-Darbietung.

Geringschätzig betrachteten die Waziris ihre Gegner, ungeduldig auf den Beginn der Kampfhandlungen wartend.

»Sie haben ziemlich viel Gewehre«, bemerkte Jane besorgt.

»Aber nur ein Dutzend von ihnen kann damit umgehen«, erklärte Kraski beruhigend.
Jane wandte sich an die weißen Männer: »Mischen Sie sich zwanglos unter meine Krieger. Feuern Sie nicht, bevor der Feind angreift, feuern Sie aber ohne Pause, wenn er angreift. Es gibt nichts, was einen Westküstenneger so erschrecken kann wie das unausgesetzte, gezielte Feuer guter Schützen!«
Die Männer gehorchten schweigend. Selbst Bluber bequemte sich, nachdem er ebenso verzweifelt wie vergeblich nach einer Ausrede gesucht hatte, zu den Kampfreihen der Schwarzen. Sein Gang machte den Eindruck, als würde er von einer unsichtbaren Person hinterrücks geschoben, während er sich mit ganzer Kraft dagegen sträubte.

Sämtliche Bewegungen innerhalb der Boma waren für Luvini klar erkennbar. Da er nicht den Kampf, sondern Flora Hawkes suchte, achtete er besonders auf die Stelle, zu der sie sich gerade verfügte. Dann sagte er zu seinen Kriegern: »Sie sind nur vier mal zwölf Männer, und Feiglinge dazu. Wir könnten sie töten wie eine Spinne an der Wand. Aber wir sind nicht hergekommen, um unnötig Blut zu vergießen, sondern um die weiße Frau zu holen, die den Libyern mehr wert sein wird als die Stoßzähne dreier Bullen. Deshalb bleibt hier, und jagt ihnen von weitem soviel Angst ein, daß sie nicht wagen, sich von der Stelle zu rühren. Ich werde währenddessen mit fünfzig Mann das Lager umschleichen. Sobald ich die weiße Frau habe, sende ich euch Nachricht, dann zieht ihr euch so schnell wie möglich in unser Lager zurück, wo uns die Palisaden vor jedem Ansturm schützen werden.«
Auf diesen Plan hin erhob sich ein großes Freudengeschrei unter den wackeren Kriegern Luvinis, das alsbald in die gewünschte Beschimpfungsorgie überging. Luvini machte sich auf den Weg, seinen lüsternen Plan in die Tat umzusetzen.
Während er noch ein gutes Stück von dem Standort der beiden Frauen entfernt war, ereigneten sich dort Dinge, auf die Jane Clayton noch Jahre später in Gegenwart ihres Gatten schnippisch anspielen sollte.
Denn plötzlich rauschte es in dem dunklen Lianengewirr über ihren Häuptern. Und als sie erschrocken hochblickten, stand der unverhoffte Eindringling schon vor ihnen: ein weißer Riese, nur

Tarzan trat aus seiner Deckung hervor. Die treuen Waziris staunten nicht schlecht, als er wie aus dem Erdboden gewachsen plötzlich vor ihnen stand.

mit einem knappen Leopardenschurz bekleidet, dessen Gestalt sie beide nur allzugut zu kennen glaubten.
»John!« rief Jane.
»Esteban!« rief Flora.
»John!« rief Jane nochmals und lief mit offenen Armen auf ihren geliebten Gatten zu.
Doch wie groß und schmerzlich war ihre Enttäuschung, als dieser ihr geschickt auswich und auf Flora zueilte.
»Pst!« bedeutete er der erstarrten Jane und lud sich die ängstlich strampelnde Flora mit einem Schwung auf die breiten Schultern. »Wegen dieser hier bin ich gekommen, nicht deinetwegen!«

Noch bevor die Nacht die gespenstische Erscheinung mitsamt ihrer leichten Bürde wieder gänzlich verschluckt hatte, sank Jane in die empfindungslosen Tiefen einer erlösenden Ohnmacht.
So fand sie Luvini kurze Zeit später. Im unsicheren Flackern des weit entfernten Lagerfeuers erkannte niemand die verhängnisvolle Verwechslung. Blitzschnell packten zwei Neger den bewegungslosen Körper roh an Armen und Beinen.
Da erwachte Jane. Aber ihre gellenden Hilferufe gingen in dem ohrenbetäubenden Lärm von Luvinis Kriegern ungehört unter. Als sich kurz darauf der Feind langsam unter einer abschließenden Flut von Drohungen in das umliegende Gebüsch zurückzog und bald nur noch vereinzelt entfernte Rufe zu hören waren, blickten sich die Lagerinsassen erstaunt an.
»Soll das vielleicht alles gewesen sein?« fragte Throck, ohne seine Enttäuschung über den entgangenen Kampf verbergen zu können. »Zuerst machen sie ein Geheul, als wollten sie uns auffressen, und dann verschwinden sie so einfach mir nichts dir nichts. Und das, ohne ein einziges Mal in die Reichweite meiner Büchse gekommen zu sein!«
Der Deutsche brüstete sich: »Ein Haufen dahergelaufener Buschneger genügt nicht, um Adolf Bluber ins Bockshorn zu jagen!«
Kraski fragte sinnend: »Irgend etwas ist faul an der Sache. Wo sind übrigens Flora und Lady Greystoke?«
Man suchte die beiden vergeblich. Nun wurde allen klar, daß sie sich von einer zwar heimtückischen, jedoch uralten Kriegslist hatten täuschen lassen. Die Waziris gebärdeten sich wie von Sinnen vor Zerknirschung und Wut.

Blitzschnell packten zwei Neger den bewegungslosen Körper roh an Armen und Beinen.

»Kommt!« rief Usula. »Wir werden sie einholen und stellen! Keiner dieser Schurken soll am Leben bleiben. Wie anders können wir uns je wieder vor Tarzans Augen wagen, wenn wir nicht sein Weib schnellstens und unversehrt zurückerobern?« Als erster übersprang er die Boma, seine fünfzig Krieger folgen ihm. Luvinis Leute waren noch nicht weit gekommen, als sie ihre Verfolger bemerkten. Aber da sie fast ebenbürtige Langläufer waren, erreichten sie das Palisadentor gerade noch rechtzeitig, um es von innen verschließen zu können.
Usula, der die gefährliche Zwecklosigkeit eines blinden Anrennens erkannte, zog seine Leute zusammen. »Nur unsere Herrin wollen wir holen, die Rache verschieben wir auf später.«
»Aber wir wissen noch nicht einmal, ob sie sich hier im Lager befindet«, warf einer ein.
»Wo soll sie denn sonst sein?« fragte Usula ärgerlich, denn diese Möglichkeit hatte er nicht bedacht. »Und wenn sie nicht hier ist, so werden wir das herausfinden. Dazu habe ich einen Plan entwickelt.« Erwartungsvoll lauschten die Waziris. »Wir werden sie mit ihren eigenen Waffen schlagen. Während vierzig von euch sich vor dem Tor versammeln und auffällig einen Angriff vorbereiten, schleiche ich mich mit den restlichen zehn heimlich ans andere Ende dieses Forts. Ihr werdet sehen, bald öffnen sie dann das Tor freiwillig, das verspreche ich euch. Wenn sie fliehen wollen, teilt ihr euch in zwei Gruppen und laßt sie laufen. Denn es ist unsere Herrin, die wir zuerst finden müssen. Paßt auf, daß man sie nicht auf irgendeine Weise mitten durch eure Reihen fortschmuggelt!«
Luvini, der unbemerkt den Pulk seiner Hals über Kopf flüchtenden Krieger seitwärts verließ, versteckte seine Gefangene in einer nahegelegenen Hütte; er hatte sie Jahre zuvor errichtet, um in diesen feindlichen Regionen immer eine Zufluchtstätte zu haben. Wie gelegen kam ihm jetzt seine damalige Voraussicht! Rasch fesselte er die vermeintliche Flora, um dann so schnell wie möglich seinen Männern zu Hilfe zu eilen.

Usula erreichte unbemerkt die Rückfront des Lagers. Er und seine Krieger begannen nun, in größter Eile einen Haufen dürrer Äste und trockenen Laubes zusammenzutragen und unterhalb der Palisaden aufzutürmen. Schnell war das Feuer entzündet, und fast ebenso schnell öffneten sich die Eingangstore. In panischem

Schrecken stürzten Luvinis Mannen ins Freie. Innerhalb weniger Minuten ergriff das Feuer die meisten der armseligen Strohhütten. Usula und die Seinen durchsuchten verzweifelt eine Hütte nach der anderen, ohne eine Spur ihrer geliebten Herrin zu finden.
Luvini bemerkte von weitem des Feuer im Lager und die flüchtende Besatzung. Stehenden Fußes kehrte er zu seiner Waldhütte zurück. Mit einer brennenden Fackel trat er ein.
Zum erstenmal betrachtete er seine Gefangene genauer. Das war nicht Flora!
»Wer bist du?« fragte er zögernd.
»Ich bin Lady Greystoke, die Frau Tarzans, des Affenmenschen«, sagte sie mit dem unverkennbaren Stolz des geistig Überlegenen. »Ich rate dir gut: Laß mich frei, und zwar auf der Stelle! Willst du dich der tödlichen Rache Tarzans aussetzen?«
Überraschung, Furcht und tierische Begierde waren in Luvinis grobes Gesicht gezeichnet. Lange saß er, sie grübelnd anstarrend, vor ihr auf dem Boden. Jede Phase des Kampfes, den seine niedrigsten Lüste mit seiner Angst vor Strafe austrugen, war aus seinem Mienenspiel ersichtlich. Es schien Jane, als verginge eine Ewigkeit, bevor Luvini langsam aufstand.
Aus seinen rollenden Augen, aus seiner Zunge, die in genüßlicher Vorfreude über die wulstigen Lippen strich, aus seinen zitternden Händen, die hastig ihre Fesseln aufnestelten, aus seinem heißen, stinkenden Atem las sie ihr Schicksal.
Während er den letzten Knoten löste, riß Jane sich plötzlich frei und rannte aufschreiend zur Tür. Er packte sie beim Arm, wirbelte sie herum und warf sie auf den Boden.

Einer der Waziris lief im selben Augenblick auf Usula zu, ein schwarzes Etwas aufgeregt in der Rechten schwenkend: es waren doppelte Sisalstricke, teilweise verknotet.
Es waren die Fesseln, mit denen man Lady Greystoke gebunden hatte, daran konnte niemand mehr zweifeln. Weinend wie Kinder umstanden die Waziris die völlig niedergebrannte Hütte, in der der traurige Beweis gefunden worden war. Nach kurzer Suche stieß man auf die verkohlten Reste eines menschlichen Skeletts.
»Wir haben sie gefunden«, sagte Usula mit erstickter Stimme. Dicke Tränen rollten über seine Backen.
»Vielleicht ist sie es gar nicht«, gab einer zu bedenken.

»Laßt uns nach ihren Ringen suchen, dann wissen wir, ob sie es ist!« rief ein anderer schnell.
Traurig winkte Usula ab. »Sie ist es. Dort liegt noch der verkohlte Pfahl, an den sie gefesselt war. Die Ringe hat ihr bestimmt der geraubt, der sie entführt hat. Alle haben das Dorf verlassen, nur sie nicht. Sie ist in dem Feuer gestorben, das wir angezündet haben. Laßt uns Tarzan suchen und ihn bitten, uns zu töten.«

18

Tarzan und der goldene Löwe befanden sich seit einer Woche auf dem Rückweg durch den Dschungel.
Der Affenmensch war mit sich zufrieden. Obwohl es ihm auch diesmal nicht gelungen war, die Schatzkammern Opars zu plündern, war er durch den Beutel mit Diamanten, den er wohlverwahrt in seinem Lendenschurz trug, reich entschädigt.
Im Augenblick kam es ihm eigentlich nur darauf an, seine treuen Waziris, die er in letzter Zeit sehr vernachlässigt hatte, aufzufinden und in heimatliche Gefilde zurückzuführen. Und ganz am Rande verspürte er auch noch den Wunsch, den Weißen, die ihn in ihrem Lager betäubt hatten, eine Lektion über gutes Benehmen im Dschungel zu erteilen, falls sich Gelegenheit dazu bieten sollte.
Inzwischen genoß er an der Seite des großen Löwen die Freuden der Jagd. Der Tisch der Natur war in diesem Landstrich überreich gedeckt. Gestern waren es saftige Hirschsteaks gewesen, die sie roh und bluttriefend verschlungen hatten, bevor sie ihr gemeinsames Nachtlager aufsuchten, heute schmatzten sie friedlich an den Resten Hortas, des Ebers. Und über morgen machten sie sich keine Gedanken.
Sie kamen gut voran. Tarzans Farm war ungefähr noch einen Tagesmarsch entfernt. Da stieß der Affenmensch, wie schon so oft, auf eine unbekannte Spur. Viele schwarze Krieger! Tarzan nahm diese Tatsache zunächst ohne große Aufregung zur Kenntnis. Spurenlesen war schließlich sein täglich Brot. Nur zu oft hing das Überleben im Dschungel davon ab, wer den besseren Riecher besaß. Doch dann erregte ein einzelner Fußabdruck seine ganze Aufmerksamkeit. Die Spur brauchte er nicht zu beschnüffeln, er kannte sie besser als mancher von uns seine Westentasche.
»Jane!« rief er im Tonfall höchster Erregung und Verwunderung. »Es muß etwas geschehen sein«, schloß er folgerichtig. »Wahrscheinlich sind die Waziris ohne mich zurückgekehrt, und Jane ist jetzt auf der Suche nach mir.«
Der Löwe knurrte zustimmend.
Plötzlich überkam Tarzan große Sehnsucht. Sehnsucht nach seinem angetrauten Weib, das er für so lange Zeit sich selbst überlassen hatte. Doch war jetzt nicht die Zeit, sich Vorwürfe zu machen.

»Wir müssen sie finden«, teilte er dem goldenen Löwen mit und machte sich an die Verfolgung.

Die Spur war ziemlich alt, und es dauerte fast sechs Tage, bis die Verfolger endlich Witterung bekamen. Tarzan befahl Jad-bal-ja zu warten und schlich sich an. Allerlei Düfte fingen sich in seinen erwartungsvoll geweiteten Nüstern, doch der eine, nach dem er suchte, war nicht dabei. Immerhin handelte es sich bei den Schwarzen vor ihm tatsächlich um einen Trupp von Wazirikriegern unter der Führung Usulas.

Tarzan trat aus seiner Deckung hervor.

Die treuen Waziris staunten nicht schlecht, als er wie aus dem Erdboden gewachsen plötzlich vor ihnen stand.

»Tarzan! Bist du es wirklich?« rief Usula freudig.

»Schon, schon«, sagte Tarzan, der seine Enttäuschung nicht ganz verbergen konnte. »Doch wo ist Lady Greystoke? Wo ist Jane, mein Weib?«

»Herr, wir verstehen deine Sorge«, erwiderte Usula. »Doch es sind schlimme Dinge geschehen, seit du uns verlassen hast.« Er senkte das Haupt. »Jane ist tot.«

»Berichte!« In dieser knappen Aufforderung Tarzans lag das Todesurteil für den Schuldigen beschlossen. Usula gab eine kurze Zusammenfassung der Ereignisse, die zu Janes Ende geführt hatten. Tarzan unterbrach ihn nicht. Als er fertig war, fragte er nur:

»Wo ist Luvini?«

»Wir wissen es nicht, Herr«, sagte Usula traurig.

»Ich werde ihn finden!« verkündete Tarzan und keiner seiner Krieger zweifelte an der Wahrheit seiner Worte. Sie alle wollten ihn begleiten und mit ihm Rache nehmen für die Schändung des Hauses Greystoke. Aber Tarzan untersagte es ihnen. Er war ein Einzelgänger und würde es immer bleiben.

»Sagt auch Korak, daß ich Luvini allein seiner Strafe zuführen will. Nur falls es mir nicht gelingt, soll er das begonnene Werk vollenden, wenn er will.« Mit diesen Worten verabschiedete er sich von den Waziris und verschwand im Dschungel.

In seiner Seele brannte das Feuer der Rache. Luvini war so gut wie tot.

Den folgenden Morgen erlebten vier etwas ausgebuffte Mitteleuropäer auf ziemlich unangenehme Weise. Es handelte sich um

John Peebles, Dick Throck, Adolf Bluber und Carl Kraski, alte Bekannte, wie man sieht. Das saubere Quartett hing in recht grotesken Stellungen in den Zweigen des Schlafbaumes, der sie zwar vor den Löwen geschützt hatte, ihnen dafür aber einen zünftigen Muskelkater beschert hatte. Es kostete sie gewisse Mühe, den Erdboden zu erreichen. Ihre Stimmung war in den letzten Tagen auf dem absoluten Nullpunkt angelangt. Zank und Streit waren an der Tagesordnung, seit Flora Hawkes fort war. Kraski hatte immer deutlicher die Führungsrolle beansprucht und dadurch auch nicht gerade zum inneren Frieden der Gruppe beigetragen.

»Du lieber Gott«, begrüßte Bluber den neuen Tag. »Schaut mich an. Es ist ein Jammer. Jetzt ist der zweite Ärmel auch noch hin. Zwanzig Guineas hab ich für diesen Anzug bezahlt, und er hält nicht einmal eine Expedition aus. English Tailoring. Daß ich nicht lache. Ach du lieber Gott.«

»Zum Teufel mit dir und deinen Luxusfetzen«, explodierte der Russe. »Als ob wir nichts anderes zu tun hätten als Modenschau zu halten. Wir haben schließlich seit Tagen nichts Gescheites gegessen, laufen dauernd im Kreis herum, wilde Tiere bedrohen uns allerorten, vielleicht gibt es hier sogar Kannibalen. Flora ist irgendwo im Dschungel verschollen und du Idiot beklagst dich wegen ein paar lumpiger Guineas. Wir können froh sein, wenn wir je aus diesem Schlamassel herauskommen. Wann wirst du Würstchen das denn endlich einsehen?«

»Gehen wir doch weiter«, schlug Throck vor, und da keiner einen besseren Vorschlag hatte, setzten sie sich resigniert in Bewegung. Kraski ging, wie üblich, voraus. Er wußte genausowenig wie die anderen, wo die Küste zu suchen war, doch darauf kam es nun auch nicht mehr an. Das einzige, was sie tun konnten, auf einen glücklichen Zufall zu warten.

Die Nachmittagssonne hing in den Urwaldriesen, und immer noch trotteten die vier stumpfsinnig eine Art Saumpfad entlang. Sie waren den ganzen Tag noch keinem Lebewesen begegnet und halb verdurstet. Plötzlich taumelte Bluber und stürzte zu Boden.

Kraski riß das Gewehr an die Schulter und feuerte wie wild in die Büsche.

Keiner wußte, was los war, bis sie den Pfeil sahen, der aus Blubers Schulter ragte.

»Zu Boden!« schrie der Russe. Throck und Peebles warfen sich ins hohe Gras, die Gewehre im Anschlag. Bluber lag ohnehin schon dort und bewegte sich nicht.
»Feuert erst, wenn ihr etwas seht«, befahl der Russe, der den Kopf nicht so leicht verlor und sein schurkisches Leben so teuer wie möglich verkaufen wollte.
Und dann sahen sie. Sie waren in einen Trupp jagender Pygmäen hineingelaufen! Kreischend stürzten sich die kleinen Wichte auf die Weißen, die in panischer Angst ihre Magazine leerfeuerten. Der Angriff der Pygmäen kam zum Stillstand. Sie zogen sich in die Büsche zurück und sammelten sich erneut.
»Jetzt hat unser letztes Stündlein geschlagen«, unkte Peebles. Er sah sich schon im Kochtopf der Pygmäen.

Es war einen Augenblick lang mucksmäuschenstill.
Die Ruhe vor dem Sturm.
Nur von dort, wo Bluber lag, drang ein Stöhnen herüber. Er schien also nicht tot zu sein.
»Nun macht schon, ihr Bestien«, murmelte Throck grimmig vor sich hin. »Macht endlich Schluß.« Auch er hatte die Hoffnung aufgegeben.
Da tönte plötzlich eine Stimme aus dem Dschungel: »Tut, was ich sage, und ich werde euch retten. Bleibt liegen und bewegt euch nicht!« Die Stimme sprach ein lupenreines Englisch!
Die Situation ließ den Bedrängten keine Zeit, sich zu wundern. Sie spitzten die Ohren und blieben liegen. Eine andere Möglichkeit hatten sie ohnehin nicht.
Kurz darauf war ein langgezogener tiefer Pfeifton aus derselben Richtung zu vernehmen. Die Pygmäen schienen verwirrt. Sie griffen nicht mehr an. Ein Rascheln im Gebüsch verriet, daß sie sich kampflos zurückzogen.
Die Weißen rappelten sich, noch immer mit schlotternden Knien, wieder auf.
»Jetzt bin ich aber gespannt«, sagte Peebles.
Dann erkannte er den großen, athletischen weißen Mann, der vor ihnen aus dem Dschungel trat, und erbleichte.
»Das ist doch nicht möglich! Tarzan!« stieß er fassungslos hervor.
»Jawohl, Tarzan«, sagte dieser. »Was wollt ihr in meinem Dschungel?«

Dann erkannte er den großen athletischen, weißen Mann, der vor ihnen aus dem Dschungel trat, und erbleichte.

Bluber, der inzwischen mühselig auf die Beine gekommen war, trat auf ihn zu.
»Zwanzig Pfund, wenn Sie uns retten, Herr Tarzan – fünfzig Pfund. Verrechnungsscheck, garantiert gedeckt. Aber bringen Sie uns hier weg.«
»Wir werden sehen«, sagte Tarzan, dem klar war, daß diese Jammerlappen keine ernstzunehmenden Gegner für ihn darstellten.
»Doch sagt mir zuerst, warum habt ihr mich damals betäubt und einfach liegengelassen?«
»Ein Mißverständnis, nichts als ein kleines Mißverständnis. So was kann ja überall mal vorkommen, nicht wahr, Herr Tarzan«, schleimte Buber weiter. »Begraben wir die alten Geschichten.«
Tarzan konnte ein Lächeln nicht unterdrücken. Dann wurde er plötzlich wieder sehr ernst.
»Ich suche einen Neger namens Luvini«, sagte er. »Er hat meine Frau getötet.«
»Wir haben nichts damit zu tun«, versicherte ihm Kraski, der heilfroh war, daß Tarzan sich nicht näher mit ihnen zu befassen gedachte. »Luvini hat uns betrogen und dann verlassen. Deine Frau und eine andere Weiße hielten sich damals bei uns im Lager auf. Wir wissen nicht, was aus ihnen geworden ist. Auch wir suchen nach ihnen.«
»Und ihr habt keine Spur?« fragte Tarzan.
Die vier verneinten.
»Und was wollt ihr in meinem Dschungel?« wiederholte er seine erste Frage.
»Wir befinden uns zusammen mit Mr. Bluber auf einer wissenschaftlichen Expedition«, log Kraski. »Leider hatten wir sehr viel Pech. Die Askaris meuterten, die Träger haben uns im Stich gelassen. Jetzt sitzen wir seit Tagen hier in diesem verfluchten Dschungel. Woher sollten wir wissen, daß er dir gehört?«
»Wo wollt ihr hin?« fragte Tarzan, der das raffinierte Lügengewebe nicht durchschaute.
»Zur Küste und dann auf dem schnellsten Weg nach London«, sagte der Russe. »Wir haben die Nase voll vom Leben in freier Wildbahn. In Zukunft werde ich mir solche wie den da« – und damit deutete er auf den goldenen Löwen, der sich stets an Tarzans Seite gehalten hatte – »nur noch im Tiergarten anschauen.«
»Ich werde euch zur Küste bringen«, bot ihnen Tarzan edelmütig

an. »Ihr habt es zwar nicht verdient, doch es widerstrebt mir, euch hier jämmerlich von den Hyänen fressen zu lassen. Kommt.«
Damit machte er sich auf den Weg. Die vier Weißen folgten ihm mit gemischten Gefühlen. Vor allem Bluber warf häufig scheele Blicke auf den Löwen, der Tarzan nicht von den Fersen wich.
»Du lieber Gott, welch eine Bestie«, sagte er des öfteren.
Auch die Tatsache, daß das Jagdgeschick der großen Katze es war, das ihnen nach langer Zeit wieder zu einer ordentlichen Mahlzeit verhalf, nahm ihm nichts von seiner Angst. Trotzdem schlief er, wohl auch wegen der Wunde, die Tarzan ihm verbunden hatte, in der Nacht als erster ein. Auch die anderen hatten wenig Lust auf Pfadfinderromantik mit Lagerfeuer und legten sich bald zur Ruhe. Tarzan hielt mit dem Löwen zusammen Wache.
Mitten in der Nacht erwachte Kraski, der wegen seines ständig schlechten Gewissens seit jeher an Schlaflosigkeit litt. Da er die Augen nicht mehr zubrachte, beschäftigte er sich damit, von Zeit zu Zeit neidische Blicke auf Tarzans makellose Figur zu werfen. Als ehemaliger Ballettänzer verstand er ja von solchen Dingen etwas. Flora Hawkes fiel ihm dabei ein und die Art, wie sie manchmal Esteban Miranda angeschaut hatte.
Und da der Zufall es gerade wollte, entging dem Russen auch nicht, daß sich bei einer raschen Bewegung Tarzans aus dessen Lendenschurz ein kleiner Beutel löste und zu Boden fiel. Kraskis Habgier erwachte. Was konnte dieser Halbwilde anderes mit sich schleppen als irgendeine Beute, die er gemacht hatte?
Kraski wartete geduldig, bis auch Tarzan und den Löwen in den Morgenstunden die Müdigkeit überkam und sie sich, Seite an Seite, niederlegten. Dann kroch er vorsichtig zu dem niedergebrannten Lagerfeuer und nahm das Säckchen an sich.

19

Kraski verbrachte eine schlaflose Nacht. Langsam zwang sich ihm der Gedanke auf, daß Tarzan früher oder später den Verlust seines Diamantenbeutels bemerken würde. Sein Verdacht fiele in diesem Fall unzweifelhaft auf die vier Londoner Eindringlinge. Keine Minute seiner – wie er ahnte – ohnehin kurz bemessenen Lebensfrist fühlte er sich jetzt vor den Rachegelüsten des Affenmenschen sicher.
Schwerfällig erhob er sich von seinem Lager.
»Du lieber Gott«, murmelte er betreten, als wolle er den neben ihm schlummernden Bluber zitieren. »Ogottogott! Die Chancen stehen eins zu tausend, daß ich allein die Küste erreiche, aber das hier –« und mit fiebrig glänzenden Augen maß er den Lederbeutel, den seine Rechte krampfhaft umfaßte – »ist jedes Risiko wert! Ich werde der ungekrönte König von Spa, Ostende, Opatija und Marienbad gleichzeitig sein!«
Schwankenden Schrittes stahl er sich vom Dorf fort, indem er sich von Zeit zu Zeit wie ein von Hunden Gehetzter rastlos umblickte. Bald hatte sich das Dickicht des Urwalds, einer fleischfressenden Pflanze gleich, hinter ihm geschlossen; würde es ihn jemals wieder freigeben?
Einige Stunden später, beim gemeinsamen Frühstück, bemerkte man Kraskis Abwesenheit. Eine kurze Suchaktion ergab, daß er sich nicht innerhalb der Palisaden befand, und bald darauf stieß man auf seine noch frischen Spuren, die in den Urwald führten.
In ratlosem Erstaunen blickten sich die Europäer und der Dorfhäuptling gegenseitig an.
»Gott im Himmel«, raspelte Bluber. »Allein und mitten in der Nacht! Laß uns ein Ave für ihn beten«, setzte er hinzu, als habe er je die geringste menschliche Regung gegenüber dem Russen gehegt; aber die Freundschaft zwischen Throck und Peebles hatte notgedrungen zu einer Fraktionsbildung Bluber – Kraski geführt, und nun sorgte sich der Deutsche um seinen wertvollen Verbündeten.
Die beiden Engländer ignorierten derartige bigotte Anwandlungen als ehemalige Preisboxer grundsätzlich. Throck sinnierte grimmig: »Warum hat er das getan? Warum hat er das getan?«

»Ich hab's!« rief Peebles. »Erst hat er uns beraubt und dann hat er sich klammheimlich davongemacht!«
»Aber was hätte er denn stehlen sollen?« fragte Bluber. Alle tasteten unwillkürlich nach ihrer Flinte, die sie aus Mißtrauen immer bei sich trugen.
»Dann ist er eben 'n Schlafwandler«, bemerkte Throck. Die Angelegenheit schien ihn nach diesem Geistesblitz nicht mehr weiter zu interessieren.
Eine Stunde später setzte das dieserart abermals reduzierte Trüppchen seinen beschwerlichen Weg zur Küste unter schwarzer Führung fort. Jetzt, da es keine Beute mehr zu teilen gab, dezimierte sich die »wissenschaftliche Expedition« mit auffallender Schnelligkeit. Dies war der Gedanke, der die drei übriggebliebenen Weißen im stillen gemeinsam beschäftigte, und vor allem: Wer würde der nächste sein, der, einem undurchschaubaren Schicksal zufolge, auf der Strecke blieb?

Kraski, die Flinte über der Schulter und eine schwere automatische Pistole in der Faust, hastete durch den Urwald. Angestrengt lauschte er auf jedes ungewöhnliche Geräusch, und deren gab es viele für einen Europäer. Seine angestrengt zusammengekniffenen Augen achteten auf jede Bewegung, und hinter dem kleinsten Windstoß glaubte er den Angriff eines unbekannten Feindes zu wittern. Schon nach zwei Stunden, die ihn nicht nennenswert weitergebracht hatten, machte er erschöpft eine erste Rast; seine Nerven flatterten.
Aber die Aussicht auf unerhörten Reichtum, seine grenzenlose Besitzgier, trieben ihn weiter.
Bald war sein Tropenanzug vom Schweiß durchnäßt, von Dornen zerrissen. Unzählige gefräßige Riesenameisen hatten sich darunter eingenistet. Auf der nächsten Lichtung riß er sich schließlich die Kleider vom Leibe, um sich von den abertausend Nadelstichen zu befreien, die seine empfindliche Haut gnadenlos peinigten. Nur seine Waffen, die Munition und das Diamantensäckchen wagte er aus dem schwarzwimmelnden, verschwitzten Haufen vor sich herauszufischen, um dann in Todesangst vor dem sich blitzschnell vermehrenden Feinde weiterzuhasten.
Als er kurze Zeit später außer Atem und am Ende seiner Kräfte nackt auf den feuchten Dschungelboden sank, mußte er die Un-

überlegtheit seines Handelns endgültig einsehen. Aber nun gab es kein Zurück mehr. Hinter ihm lauerten seine habgierigen »Freunde« und die unausbleibliche Rache Tarzans; außerdem wäre er niemals in der Lage gewesen, seine eigenen Spuren bis an ihren Ausgangspunkt zurückzuverfolgen. So schleppte er sich denn mühsam weiter, während die Sonne dem Zenit entgegenging und in waldlosen, steppenartigen Stellen unbarmherzig auf seinen ungeschützten Kopf herabbrannte.

Plötzlich, während er am Rande einer Ohnmacht auf allen vieren weiterkroch, drang der Schall menschlicher Stimmen an sein Ohr. Wie elektrisiert raffte Kraski sich auf und versuchte angestrengt, die Richtung dieser für ihn himmlischen Klänge zu bestimmen. Es war kein Zweifel möglich: Nicht weit entfernt, in südlicher Richtung, konnte er zwei Stimmen unterscheiden, und was noch verblüffender war: Der Tonfall hörte sich beileibe nicht nach einem kehligen afrikanischen Idiom an, er schien eher auf eine indogermanische Sprache hinzudeuten!

Arglos auf diese freudige Entdeckung vertrauend, humpelte und schwankte Kraski auf den Standort seiner vermeintlichen Retter zu. Aber wie groß war sein Erstaunen, als er, vor einer winzigen Hütte angelangt, die beiden aus dem Inneren dringenden Stimmen als die von Esteban Miranda und Flora Hawkes identifizieren mußte! Beide hatte er längst tot geglaubt! Waren es Geistererscheinungen oder fieberte er? Entschlossen schritt er auf die Hütte zu. Aber wenn es sich nicht um Geister handelte, wie konnte er Flora in seinem jetzigen Zustand unter die Augen treten? Besorgt blickte er an sich herab und dann hilfesuchend in die Runde. Rasch war aus breithalmigem Dschungelgras ein primitiver Lendenschurz geknüpft.

Eher froh als mißtrauisch, ganz seine frühere Eifersucht vergessend und auf seine erbarmungswürdige Lage vertrauend, betrat er schließlich die Hütte.

Ein paar Augenblicke betrachteten ihn die beiden mit sprachlosem Erstaunen.

»Erkennt ihr mich nicht mehr?« rief er ungeduldig. »Ich bin's, Carl, Carl Kraski!«

»Carl«, rief das Mädchen aus und wollte schon auf ihn zufliegen. Esteban riß sie beim Handgelenk herum und fragte drohend: »Was machst du hier, Kraski?«

Ein vollendeter Doppelgänger seiner selbst umarmte dort unten eine in wallendes Weiß gekleidete Frau, die zärtliche Liebesworte stammelte.

»Ich versuche, mich zur Küste durchzuschlagen. Ich bin halbtot vor Hunger und Erschöpfung!«
»Dort ist der Weg zur Küste«, versetzte der Spanier kalt und zeigte nach Osten. »Viel Glück!«
»Soll das heißen, daß ihr mich ohne Wasser und Essen wie einen Aussätzigen weiterschickt?« fragte der Russe ungläubig.
»Der Fluß ist nicht weit und der Dschungel voller Nahrung für einen erfahrenen Jäger wie dich!«
»Aber du kannst ihn doch nicht wegschicken«, rief Flora. »Nie hätte ich gedacht, daß ein Mensch so grausam sein kann!« Verzweifelt wandte sie sich an Kraski. »Bleib hier, Carl! Rette mich aus den Händen dieses Ungeheuers!«
»Gut denn!« rief der Russe. »Zur Seite!«
Und während Flora sich noch aus dem Griff Estebans freirang, richtete er seine Pistole auf diesen, zielte und schoß. Die Kugel verfehlte ihr Ziel. Kraskis Organismus war zu geschwächt, seine Rechte zu zittrig. Er drückte ein zweites Mal auf den Abzug – Ladehemmung! Fluchend warf er die nutzlose Waffe in weitem Bogen von sich und versuchte, seine Flinte in Anschlag zu bringen. Aber der falsche Tarzan war schneller. Kurzentschlossen schleuderte er seinen Jagdspeer auf den Widersacher, und bevor dieser den Finger abermals an den Abzug bringen konnte, war sein Herz von dem Wurfgeschoß durchbohrt. Tot sank er zu Boden. Weinend und fast ohnmächtig vor Verzweiflung mußte Flora es mitansehen.
Als Esteban befriedigt seinen Speer aus dem Brustkorb des Russen drehte, fiel sein Blick von ungefähr auf ein kleines Säckchen, das unter dem Blätterschurz hervorlugte. Es war, wie ihm schien, bis zum Rand mit Munition gefüllt. Er schaute sich nach Flora um. die ihm schluchzend die Worte entgegenschleuderte:
»Du hast ihn ermordet! Du Bestie!«
»Jawohl«, sagte er mit einem trockenen Lachen, »ich bin eine Bestie! Ich bin Tarzan der Affenmensch, Tarzan, der König des Dschungels, und diese Kröte da hat es gewagt, mich Esteban zu schimpfen! Deshalb mußte ich ihn töten.«
»Er ist verrückt, völlig verrückt«, flüsterte sie starr.
»Du bist mein, Flora«, sagte er mit einem drohenden Unterton. »Niemand wird dich je besitzen außer mir! Aber vorher laß uns nachschauen, was der liebe Kraski in seinem Beutelchen hat!«

»Nie hätte ich gedacht, daß ein Mensch so grausam sein kann«, rief Flora.

Er öffnete den Lederbeutel. Die funkelnden und glitzernden Steine quollen daraus hervor und rollten zu Boden.
»Diamanten!« schrie Miranda außer sich. »Es sind Diamanten!« Und er veranstaltete einen wilden Freudentanz um den unermeßlichen Reichtum, der sich so plötzlich in dieser armen Hütte eingefunden hatte.
Flora Hawkes' Augenlider verengten sich. Ihr Charakter war von einer unausrottbaren, immer gegenwärtigen Habgier bestimmt, die jetzt gewisse Pläne in ihr zum Reifen brachte, Pläne die sie schon seit einiger Zeit erwog. Nur die Furcht vor dem sicheren Tod, der sie, auf sich allein gestellt, im Dschungel erwartete, hatten bisher verhindert, daß sie den verhaßten Spanier auf die Seite brachte.
Aber jetzt, mit der Aussicht auf den unschätzbaren Wert der Diamanten, glaubte sie zu wissen, was zu tun sei.

Tarzan jagte unterdessen Luvini, den Mörder seiner geliebten Jane. Alle die fliehenden Schwarzen, die er überholte, gaben ihm dieselbe magere Auskunft: daß nämlich ihr Anführer seit der Flucht vor den Waziris wie vom Erdboden verschluckt sei.

Tarzan war derart beschäftigt mit seiner Trauer und seinen Rachegelüsten, daß er erst jetzt das kleine Beutelchen vermißte. Grimmig knirschte er mit den Zähnen und sagte zu seinem treuen Begleiter Jad-bal-ja: »Das war bestimmt einer von dieser verfluchten Forschungsexpedition! Die werden wir auch gleich mitsuchen, wenn wir schon auf dem Weg sind!«
Schon bald hatten die beiden die langsam marschierende Karawane der Europäer erreicht. An seinem Gesicht konnten sie ablesen, daß Tarzan sie nicht in freundschaftlicher Absicht nochmals aufsuchte.
»Was gibt es? Was ist los?« fragten sie durcheinander, einigermaßen beunruhigt.
»Gebt mir den Beutel wieder, den ich am Gürtel trug«, sagte Tarzan gebieterisch.
»Ich weiß gar nicht, was Sie meinen«, antwortete Bluber beleidigt. Jeder der drei bedachte seine beiden Spießgesellen mit argwöhnischen Blicken.
»Ich traue keinem von euch, und wenn ihr den Gegenstand nicht

freiwillig herausrückt, werde ich jeden einzelnen genauestens durchsuchen lassen!«
»Durchsucht mich, ja durchsucht mich!« rief Throck mit dem Brustton eigener Unschuld und warf die Hände einladend in die Höhe.
»Wo ist eigentlich der vierte?« fragte Tarzan jetzt stirnrunzelnd.
»Ach, Kraski! Der ist in derselben Nacht verschwunden, in der Sie uns zum Lager gebracht haben«, schaltete sich Peebles ein.
»Er war es!« rief Bluber triumphierend. Die andern stimmten erleichtet ein.
»Trotzdem werdet ihr durchsucht«, bestimmte Tarzan, aber die Aktion hatte den vorausgesehenen negativen Erfolg.
Ohne ein weiteres Wort zu verlieren, schwang sich Tarzan in die Krone des nächstbesten Baumes.
»Armer Kraski«, bemerkte Peebles mitleidig.
»Ich hoffe, er schnappt den verflixten Schurken«, rief Bluber aufgebracht. »Mich des Diebstahl zu verdächtigen!«
Eilends begab sich Tarzan zu dem Punkt zurück, von dem aus Kraski geflohen war. Dort nahm er dessen verwitterte Spur auf, von Jad-bal-ja tatkräftig unterstützt. Die Sonne senkte sich dem Horizont entgegen, als Tarzan auf die Hütte stieß, die den Leichnam Kraskis barg. Sofort war Tarzan klar, daß es keinen Sinn haben würde, den Toten nach den Diamanten zu durchsuchen, und er folgte den noch frischen Spuren eines großen Mannes und einer Frau, die aus der Hütte führten. Es waren die Spuren einer weißen Frau! Ein Hoffnungsfunke glomm in Tarzans Herz auf. Irgendwann hatte der Mann seine Begleiterin offensichtlich zurückgelassen, ihre Schritte wurden immer kleiner, immer öfter hatte sie haltgemacht.
Da hinderte die einbrechende Nacht Tarzan an der Lösung dieses neuen Rätsels.

20

Esteban schlug sein einschichtiges Nachtlager im Trockenbett eines Flusses auf. Sogar den Luxus eines Feuers leistete er sich, denn er hatte Beute gemacht.
Esteban fürchtete sich nicht. Die fixe Idee, Tarzan zu sein, hatte völlig von ihm Besitz ergriffen. Und Tarzan schlief eben mit Vorliebe nachts im Freien . . .
Das Essen verschlang er halbroh und fand es ausgezeichnet. Seinen Durst stillte er aus einem kleinen Rinnsal, das am Rande des Flußbetts dahinkümmerte.
Wieder in der sicheren Nähe des kleinen Feuers, ließ er sich nieder und holte den Diamantenbeutel aus dem Lendenschurz. Er machte ihn auf und ließ die glitzernden Steine durch seine besitzgierigen, aber wohlgeformten Finger gleiten. Unbeschreibliche Gefühle der Lust durchströmten sein Inneres, Vorstellungen jenseits von Gut und Böse, Gedanken an Macht, Pracht und – wie bei einem Südländer nicht anders zu erwarten – FRAUEN. Schwarze, blonde, weiße, brünette, gelbe, rote, braune; dünne, dicke, große, kleine, dumme, kluge – immer aber schöne. Und unter ihnen die Traumfrau – die, die er zeitlebens gesucht hatte – die Frau, die es verdiente, an dcr Seite eines Esteban Miranda zu leben.
Und plötzlich nahm das imaginäre Bild der Auserwählten vor seinen halbgeschlossenen Augen leibhaftig Gestalt an: eine Frau in Weiß, die im Halbdunkel irgendwo über dem ehemaligen Flußbett zu schweben schien.
Esteban schloß die Augen und öffnete sie wieder.
Die Erscheinung blieb. Er erbleichte. »Flora!« schrie er. »Sie ist von den Toten auferstanden.«
Zu allem Überfluß begann die Erscheinung auch noch zu sprechen. »Bist du es, Liebster?« fragte sie mit sanfter, ungläubiger Stimme. »Bist du es wirklich?«
Blitzschnell realisierte Esteban, daß es sich um ein Wesen aus Fleisch und Blut handelte, also um eine Frau. Und mit Frauen kannte er sich aus. Zunächst einmal verstaute er den Diamantenbeutel im Lendenschurz und wartete.
Das Mädchen kam mit ausgestreckten Armen auf ihn zu. »Liebster!« rief sie erneut und neigte sich ihm entgegen. Esteban

hielt nicht länger an sich. »Liebste«, rief auch er und zog sie an seine breite Brust. Es war ihm egal, wer sie war...

Tarzan hangelte sich gemächlich durch den Urwald. Er verfolgte die Spur des Mannes und der Frau, ohne sich zu übereilen. Die beiden waren ihm sicher.
Er zeigte auch wenig Überraschung, als er unvermittelt auf die Frau stieß. Sie lag zusammengekrümmt auf dem Weg. Als er ihr freundlich die Hand auf die schmale Schulter legte, schrie sie auf. »Keine Angst«, beruhigte sie der Affenmensch. »Sie haben nichts zu befürchten.«
Sie drehte sich um und sah ihn an. Dann fragte sie ungläubig: »Du willst mich retten, Esteban? Was fällt dir ein?«
Esteban. Immer wieder Esteban. Tarzan wurde das allmählich zu bunt.
»Ich bin nicht Esteban«, stellte er pikiert fest. »Wer sind Sie?«

Natürlich handelte es sich um Flora Hawkes, die nun auch ihren ehemaligen Dienstherrren erkannte.
Tarzan erinnerte sich an die ehemalige Kammerzofe Janes. »Was willst du hier in Afrika?« fragte er weiter. Flora schüttelte das trotz der ausgestandenen Entbehrungen recht hübsche Köpfchen. »Ich kann es Ihnen nicht sagen, Sir. Ich fürchte mich vor Ihrem Zorn.«
Tarzan ließ nicht locker. »Sprich schon, du weißt, daß ich Frauen aus Prinzip nichts zuleide tue.«
So erfuhr Tarzan endlich die wichtigsten Einzelheiten über die Expedition Floras und ihrer Kumpane. »Und wer ist dieser Esteban?« fragte er schließlich.
»Er hat mich geraubt. Kraski, der Russe, verfolgte uns. Esteban hat ihn getötet und die Diamanten genommen, die er bei sich trug.«
»Und wo ist er jetzt?« fragte Tarzan.
»Ich weiß nicht«, sagte Flora. »Er hat mich einfach liegen lassen, als ich nicht mehr konnte.«
»Wir werden ihn schon finden«, sagte der Affenmensch überzeugt. »Aber zuerst mußt du wieder zu Kräften kommen. Wir brauchen vor allem Wasser und ein wenig zu Essen.«
»Sie sind so gut zu mir, Lord Greystoke«, hauchte Flora.
»Ich bin gut zu allen Frauen«, sagte Tarzan.

Sie drehte sich um und sah ihn an. Dann fragte Flora ungläubig: »Du willst mich retten, Esteban?«

Und Flora bereute in ihrem Herzen alles, was sie ihm je angetan hatte.

Es wurde Abend. Es wurde Nacht. Tarzan eilte unbeirrt voran. Er hatte Flora auf die Schulter genommen, die sich im Takt seiner Schritte in den Schlaf der Erschöpfung wiegte.

Plötzlich roch er Feuer. Bald darauf hörte er Stimmen. Er setzte das Mädchen, das sich schlaftrunken an ihn schmiegte, ab und sagte: »Du kannst hierbleiben oder mitkommen, je nachdem, wie du dich fühlst.«

Dann schlich er vorsichtig auf das Feuer zu. Flora folgte ihm, so gut es eben ging. Sie wollte nicht allein zurückbleiben. Und noch ein dritter gesellte sich zu ihnen. Tarzan bemerkte es zuerst. »Keine Angst, es ist Jad-bal-ja«, beruhigte er das Mädchen, das gerade noch einen Schrei unterdrücken konnte, als es den goldenen Löwen an Tarzans Seite auftauchen sah.

Bald hatten sie das ehemalige Flußufer erreicht und blickten durch das hohe Riedgras vor Entdeckung geschützt, auf das fremde Lager. Doch was sie sahen, konnte zumindest Tarzan nicht vollends begreifen:

Ein vollendeter Doppelgänger seiner selbst umarmte dort unten eine in wallendes Weiß gekleidete Frau, die zärtliche Liebesworte stammelte.

Und dann roch er es. Es gab keinen Zweifel. Tarzan wußte nicht, wer der Mann war, den Geruch der Frau aber kannte er wie seinen eigenen! Sein Gefühlsleben geriet in gewaltigen Aufruhr.

»Jane!«

Er schrie nur das eine Wort, als er in den Lichtschein des Feuers trat. Der Doppelgänger ergriff die Flucht. Tarzan kümmerte sich nicht um ihn. Ihm ging es um die Frau.

»Jane!« rief er noch einmal.

Die Frau in Weiß schien höchst überrascht. Ihre Augen suchten zuerst Esteban, der gerade in den Büschen verschwand, dann richteten sie sich auf Tarzan.

»Was hat das zu bedeuten? Wer von euch beiden ist Tarzan und wer ist der andere?« fragte sie, durchaus nicht fassungslos.

»Ich bin Tarzan, Jane«, sagte der echte Tarzan.

Jane bemerkte Flora, die sich erst jetzt hervorwagte, und nickte grimmig. »Ja, du bist Tarzan. Ich habe nur zu gut gesehen, wie du mit ihr im Dschungel verschwunden bist. Oh, John, ich hätte

nie gedacht, daß du solcher Dinge fähig seist. Auch ein Schlag auf den Kopf ist dafür keine Entschuldigung.«
»Was meinst du?« fragte Tarzan entgeister zurück. »Ich und Flora allein im Dschungel, wie käme ich dazu?«
»Ich hab's doch gesehen«, sagte Jane.
Tarzan sah Flora an: »Ich verstehe das alles nicht.«
»Es war Esteban«, sagte Flora. »Er hat uns alle betrogen.«
»Ich wußte es«, sagte Jane. »Ich wußte, daß Tarzan mich nie betrügen würde.« Sie sah John Greystoke liebevoll an: »Du mußt diesen Hochstapler bestrafen, Liebster, bevor noch mehr Frauen auf ihn hereinfallen.«
»Das hat Zeit«, sagte Tarzan sanft. »Jetzt will ich mich zuerst ein wenig mit dir beschäftigen.«
Jad-bal-ja unterbrach ihn knurrend.
»Ach ja, dich hätten wir beinahe vergessen!« rief Tarzan scherzhaft.
»Na, dann hol' ihn dir schon, deinen Spanier.«
Wie ein Blitz verschwand die große Katze in der Nacht.
»Der Löwe wird ihn töten«, sagte Flora schaudernd. Doch Tarzan beruhigte sie. »Er wird schlimmstenfalls ein wenig mit ihm spielen. Und ihn dann zu uns bringen.«
»Hoffen wir es«, sagte Jane.
Tarzan hatte sich ihr zugewandt. Seine schönen, dunklen Augen blickten tief in die ihren.
»Ich dachte, du seist tot«, sagte er schließlich. »Usula erzählte mir, er habe deinen verkohlten Leichnam im Dorf der Araber gefunden und dort begraben. Wie kommt es, daß du noch am Leben bist? Vielleicht ist es sogar gut, daß ich Luvini noch nicht gefunden habe. Vielleicht hätte ich an einem Unschuldigen Rache genommen?«
»Du wirst Luvini nie mehr finden«, erwiderte Jane Clayton. »Er ist tot. Die verkohlte Leiche, die Usula gefunden hat, war seine. Ich habe ihn getötet. Es ging um meine Ehre.«
Vor ihrem geistigen Auge tauchten die schrecklichen Szenen jener Nacht wieder auf: Luvini, der lüsterne Araber, im Begriff, ihre Fesseln zu lockern – Luvini, auf sie eindringend – Luvinis Lippen auf den Ihren – Luvinis Dolch in Luvinis Schulter – die Flammen . . .
»Ich war fast unbekleidet«, erzählte sie, »denn wir hatten bis zum

äußersten gekämpft. So griff ich nach dem nächstbesten Burnus, rannte davon und verbarg mich im Dschungel. Dort versuchte ich, die Waziris zu finden, aber es mißlang. Die Nächte verbrachte ich auf Bäumen. Oh, John, es war schrecklich!«

Tarzan fuhr ihr liebevoll durch das Haar.

»Und dann sah ich das Lagerfeuer – und dich.«

»Esteban«, korrigierte der Affenmensch.

»Der Spanier hat uns alle an der Nase herumgeführt«, sagte Flora.

»Ich hätte es eigentlich merken müssen«, meinte Jane nachdenklich »und doch bin ich auf ihn hereingefallen. Wie sollte da ein anderer den Schwindel entdecken?«

Tarzan fuhr sich mit den Fingern durch das dichte, schwarze Haar, wie immer, wenn er nachdachte.

»Ich verstehe bloß nicht, wie er Usula bei hellem Tageslicht täuschen konnte«, sagte er.

»Mit einem Trick«, erklärte ihm Flora und erzählte, wie geschickt Esteban sich die Geschichte von seinem angeblichen Unfall ausgedacht hatte.

»Ein rechter Satansbraten«, mußte da sogar Tarzan zugeben.

»Ein Satan, wenn Sie mich fragen«, ergänzte Flora Hawkes.

Etwa eine Stunde später tauchte Jad-bal-ja wie ein Schemen aus der Dunkelheit auf und legte seinem Herrn ein blutbeflecktes Leopardenfell zu Füßen. Tarzan untersuchte es gründlich. »Ich glaube, Esteban Miranda sind wir für immer los«, sagte er dann. »Miranda muß Widerstand geleistet haben.«

Jane nahm den Löwen in Schutz. »Es war sicher Notwehr.«

»Mein Gott, wie schrecklich«, flüsterte Flora, denn immerhin war Miranda der schönste Mann, den sie je gekannt hatte, von Tarzan einmal abgesehen.

»Ich möchte nur wissen, wo die verflixten Diamanten sind«, murmelte Tarzan noch, bevor er sich an der Seite seiner Frau und seines Löwen schlafen legte, der einen nicht sehr zufriedenen Eindruck machte.

Als der Morgen graute, brachen sie auf, um Estebans sterbliche Überreste zu suchen. Doch die gut sichtbare Spur endete am Rande eines kleinen Flusses und war nicht wieder aufzunehmen.

»Es sieht so aus, als ob er das andere Ufer nicht erreicht hätte«, teilte Tarzan den beiden Frauen mit. »Krokodile«, setzte er auf Floras fragenden Blick hinzu. Der Löwe äußerte sich nicht weiter.

Die bis zu diesem Zeitpunkt kühl und gefaßt wirkende Engländerin brach nun angesichts des schrecklichen Endes ihres Kumpans vollends zusammen. »Ich bin schuld an allem – meinetwegen haben tapfere Männer den Tod gefunden – meinetwegen seid ihr in Lebensgefahr geraten – meine Habgier war die Ursache aller Verwicklungen . . .« Sie brach in hemmungsloses Schluchzen aus. Tarzan, der nicht zusehen konnte, wenn eine Frau in Tränen zerfloß, legte ihr behutsam den starken Arm um die schmale Schulter: »Du hast einen nicht geringen Preis für deinen Hochmut zu zahlen gehabt, Flora, und ich glaube, du hast ihn jetzt bezahlt. Wir werden dich zur Küste bringen, wenn du willst. Von uns soll dir nichts Böses geschehen.«
»Wie kann ich ihnen jemals danken für soviel Güte?« stieß sie hervor.
»Ich hätte da schon eine Idee«, sagte Lady Greystoke und dachte, ihrer praktischen Veranlagung gemäß, sofort ans Dienstbotenproblem. »Sind Sie nicht gelernte Kammerzofe, mein Kind?«
Flora nickte.
»Dann ist ja alles klar«, sagte Tarzan.
Zusammen mit Jad-bal-ja waren Jane, Tarzan und Flora nun schon drei Tage lang auf dem Heimweg, als Tarzan, der voranging, auf einmal kräftig schnupperte. Dann wandte er sich seinen Gefährtinnen zu und sagte lächelnd: »Meine Waziris sind unfolgsam. Sie kommen uns entgegen.«
Man hielt ein großes Begrüßungspalaver ab, in dessen Verlauf Tarzan zu klären versuchte, was aus dem vergrabenen Gold geworden war. Usula, der den Trupp der Waziris anführte, beteuerte: »Wir haben es dort vergraben, wo du es uns befohlen hast, Bwana!«
Tarzan klärte ihn und die anderen darüber auf, daß sie einem Doppelgänger aufgesessen waren, und rief große Erleichterung unter den Kriegern hervor. Denn der Gedanke, ihr Ehrenhäuptling habe vor Butor, dem Nashorn, das Antilopenpanier ergriffen, war ihnen unheimlich und verhaßt.
Die Suche nach dem Gold führte zur Verzweiflung Usulas, der das Versteck auf Anhieb wiedererkannte, zu keinem Ergebnis.
»Ein selten geschickter Halunke, dieser Spanier«, mußte Tarzan schließlich zugeben. »Er hat uns wieder einmal an der Nase herumgeführt.« Und erstmals kamen ihm gewisse Zweifel, was Estebans Schicksal betraf . . .

Jane sah Tarzan aus ihren großen, dunklen Augen liebevoll an.

Tarzan begrub die Hoffnung, jemals zu dem Gold von Opar zu kommen, nicht leichten Herzens, doch er war realistisch genug, auch einem Mißerfolg furchtlos ins Auge zu sehen. Trotzdem schickte er noch am selben Abend, um keine der noch möglichen Maßnahmen außer acht zu lassen, Boten an die befreundeten Häuptlinge der umliegenden Gebiete und bat sie, auf durchziehende, schwerbeladene Karawanen ein Auge zu haben und ihn zu benachrichtigen. Das war alles, was er tun konnte.

Nachts, am Lagerfeuer, zog Tarzan das blutbefleckte Leopardenfell hervor und begutachtete es ausgiebig. Eine Zeitlang verharrte er schweigend. Dann wandte er sich zu seinem Weib: »Du hattest recht, Jane«, sagte er, »ich sollte in Zukunft die Finger von den Schätzen Opars lassen. Das Gold habe ich nie gesehen, die Diamanten sind gestohlen, und noch dazu hätte ich beinahe dich verloren – den größten Schatz, den ich je besaß.«

Jane sah ihn aus ihren großen, dunklen Augen liebevoll an. »Laß das Zeug fahren, John«, sagte sie gerührt. »Wir haben uns und Korak, das soll uns genügen.«

»Und ein blutiges Leopardenfell mit einem geheimnisvollen Plan darauf«, ergänzte der Affenmensch in Gedanken und blinzelte dem goldenen Löwen verschwörerisch zu.

21

Beim Anblick des echten Tarzan machte Esteban stehenden Fußes kehrt und floh in den Dschungel. Blindlings raste er durch die dicksten Dornendickichte, bald blutete er aus tausend kleinen Wunden: eine schöne Spur für Jad-bal-ja! Kurz vor der Flußbank verhedderte er sich so hoffnungslos im Unterholz, daß er sich nur unter Zurücklassung seines Lendenschurzes befreien konnte. Schon hörte er knapp hinter sich Geräusche, wie sie ein schwerer Körper beim Durchbrechen dicken Gestrüpps verursacht, schon sah er zwei gelbglühende Raubtieraugen auf sich geheftet – da stürzte er sich in die krokodilverseuchten Fluten.

Als sich der Löwe so plötzlich seiner schon sicheren Beute beraubt sah – denn Esteban war ein guter Unterwasserschwimmer –, wandte er sich wieder den Spuren zu, die dieser hinterlassen hatte. Bald fand er den blutigen Schurz, riß ihn mit einem kräftigen Ruck seiner Kiefern los, schlich zu seinem Herrn und Meister zurück und legte ihn diesem vor die Füße, treu und ergeben wie ein Cocker-Spaniel.

Miranda ließ sich, mit kurzen Verschnaufpausen, die ganze Nacht lang flußabwärts treiben. Kurz nach Morgengrauen bemerkte er am rechten Ufer eine kleine Sandbank und dahinter ein paar zusammengekauerte kleine Torfhütten. Froh und im Vertrauen auf menschliche Hilfe ging er an Land.

Was er nicht wissen konnte, war, daß es sich um das Dorf des Kannibalenhäuptlings Obebe handelte.

Eine junge Frau, die sich gerade im Fluß wusch, war die erste, die ihn bemerkte. Einen spitzen Schrei ausstoßend lief sie auf die Hütten zu, und in Sekundenschnelle war die gesamte Dorfbevölkerung um den merkwürdigen Gast versammelt.

»Es ist ein fremder Gott«, rief einer.

»Es ist der Flußgott«, sprach der Medizinmann würdevoll. »Ich erkenne ihn wieder, er ist mir heute nacht im Traum erschienen. Wahrlich, nun werdet ihr viele Fische fangen, wenn ihr mir ein Zehntel davon abgebt, damit ich es ihm und den anderen Göttern opfere.«

»Das soll der Flußgott sein?« lachte Obebe gröhlend und verächtlich. »Du wirst alt, Medizinmann. Schon seit einiger Zeit haben deine Zauberkräfte nachgelassen, und deine Augen sind wohl auch nicht mehr die besten. Wißt ihr, wer das ist? Unsern größten Feind auf dem Erdboden nennt dieser Greis hier Flußgott! Vor euch steht Tarzan, der Affenmensch, niemand sonst, und wir haben ihn endlich in unserer Gewalt! Auf diesen Tag habe ich lange gewartet.«

Auf einen Wink Obebes sprangen zwei Dutzend speerbewaffneter Krieger auf Esteban zu und fesselten den nur schwach Protestierenden an Armen und Beinen.

Besorgt schüttelte der Medizinmann den Kopf. »Ihr habt den Flußgott gefangengenommen. Bald werdet ihr es bereuen. Mit giftigen Fischen wird er sich an euch rächen. Ja, lach nur, Obebe, bald wirst du dazu nicht mehr fähig sein!«

»Ich werde lachen und fröhlich sein, wenn ich mit meinen eigenen Händen meinen Todfeind, Tarzan, den Affenmenschen erwürgt habe und mit meinen Kriegern sein Herz und sämtliche Innereien verzehre, damit seine Kraft übergeht auf unsern ganzen Stamm.«

Da der Spanier natürlich der Landessprache nicht mächtig war, hatte er von dieser Diskussion kein Wort verstanden. Er begriff einzig und allein, daß er sich vorerst als Gefangener zu betrachten hatte. Auf Geheiß Obebes schleifte man ihn in eine der bambusbedeckten Hütten. Gespannt verfolgte er durch ein Loch in den dünnen Wänden aus getrocknetem Torf, wie das ganze Dorf damit beschäftigt war, eine große Feuerstelle zu errichten; erst jetzt stieg eine fürchterliche Ahnung in ihm auf. Aber das konnten sie mit ihm, dem unbesieglichen Tarzan, nicht machen! Wütend zerrte er an seinen Fesseln.

Draußen suchte Uba, der Medizinmann, das Gespräch mit Obebe, denn er fürchtete tatsächlich großes Unheil für das gesamte Dorf, in dem er nun schon seit über vierzig Sommern die Götter beschwor.

»Obebe, du tust unrecht«, sagte er zu dem Häuptling, und noch bevor er geendet hatte, zerriß ein schriller Schrei vom Ufer her, die Luft. Ebendieselbe junge Frau, die Esteban entdeckt hatte, war dort abermals damit beschäftigt, ihr langes, schwarzblaues Haar zu waschen. Allerdings mußte sie jetzt ihre Eitelkeit mit dem Leben bezahlen, denn ein riesiges Krokodil packte sie blitzschnell mit seinen furchterregenden Fängen. Schon hatte es seine

Beute unter Wasser gezerrt, die gellenden Hilferufe in den Fluten erstickend.

Uba war entrüstet. »Da siehst du es, es war doch der Flußgott, den du in deiner maßlosen Überheblichkeit wagtest gefangenzunehmen!«

»Und ich sage dir, es ist Tarzan, der Affenmensch«, versetzte Obebe ungerührt.

»Es ist der Flußgott in der Gestalt Tarzans, des Affenmenschen!« trumpfte der Medizinmann auf und blickte die Umherstehenden beifallheischend an. Deutliches Unbehagen sprach aus fast allen Gesichtern.

»Gut«, sagte Obebe versöhnlich, »wir werden herausfinden, wer im Recht ist, ich oder Uba.«

»Aber wie?« kam es von allen Seiten.

»Sehr einfach. Wir warten mit dem Fest bis morgen. Dann sehen wir nach, ob er noch da ist.«

Sprachloses Unverständnis.

»Begreift ihr denn nicht? Wenn er der Flußgott ist, so hat er die Macht, aus unseren Fesseln zu entkommen. Wenn es aber Tarzan, der Affenmensch, sein sollte« – hier machte er eine genüßliche Pause – »werden wir ihn morgen festlich verzehren. So sind wir vor der Rache des Flußgottes sicher.«

Johlend umtanzten Krieger, Frauen und Kinder ihren weisen Häuptling. Majestätisch gebot Uba dem wilden Treiben mit einer Handbewegung Einhalt.

»Und wenn der Flußgott unserem Dorf die Ehre eines längeren Besuchs zuteil werden lassen will, um unsere Gastfreundschaft zu prüfen?«

Obebe knirschte laut mit den Zähnen. »So vertagen wir die Feier auf einen unbestimmten Zeitpunkt!« Insgeheim hoffte er dabei, den Medizinmann durch einen vorgetäuschten »Unfall« des Gefangenen überlisten zu können.

»Und wenn er stirbt?« fragte Uba bedenklich.

»Dann werden wir endlich wissen, daß es Tarzan gewesen ist und niemand anders! Denn wann hätte man je gehört, daß ein Flußgott sterblich ist?«

So hatte das Leben Esteban Mirandas, des falschen Tarzan, eine klägliche Wende genommen: als lebenslänglich Gefangener würde er voraussichtlich bis zum Ende seiner Tage in einem zentralafrikanischen Kannibalendorf schmachten, einst gewiß zu größerem bestimmt, aber letztlich an seiner eigenen grenzenlosen Habgier gescheitert.

In derselben Nacht schlug Owaza sein Lager in der Nähe eines kleinen Dorfes auf, wohl hundert Meilen oder fünf Tagesreisen von dem Dorf Obebes entfernt. Aus einem sicheren Versteck heraus hatte er Tage zuvor Tarzan beobachtet, wie er vergeblich am alten Versteck nach dem Goldschatz grub, war am nächsten Morgen mit fünfzig neuverdingten Trägern zurückgekehrt und hatte sämtliche Barren wegbringen lassen. Nun ließ er sich von dem alten Dorfhäuptling einladen, mit seinen »Kriegern« doch die Nacht im schützenden Umkreis des Dorfes zu verbringen. Gegen Ende des ausgiebigen Gelages, erhitzt vom Anblick der Dorfschönen und dem Genuß von Dattelmet und Kokoswein, rutschte einem der Träger entgegen Owazas ausdrücklichem Verbot, die Wahrheit über die geheimnisvolle Fracht der Karawane aus dem trunkenen Mund.
Während Owaza und die Seinen laut schnarchend ihren Rausch ausschliefen, schickte der Dorfhäuptling einen Eilboten mit geheimer Nachricht in die Nacht.

Am nächsten Morgen verwickelte er Owaza nochmals in ein Gespräch.
»Ihr habt sehr viel gelbes Gold mit euch«, sagte er ruhig.
»Mhm«, brummte Owaza, sein Gegenüber erstaunt und mißtrauisch von der Seite betrachtend.
»Die Träger werden bald müde sein. Wo wollt ihr hin?«
»Zur Ostküste«, sagte Owaza verdrießlich, obwohl ihre Wegrichtung ihn offensichtlich Lügen strafte.
»Ich wüßte einen Weg, wie ihr das Gold nur zwei Tagreisen weit schleppen müßtet und du trotzdem den ganzen Gewinn ausbezahlt bekämst. Außerdem brauchtest du dann deinen Trägern sehr viel weniger zu bezahlen.«
»Und wie soll ich das anstellen?« fragte Owaza zögernd, doch nicht unbeeindruckt.
»Ich kenne einen weißen Mann, der dir für dein Gold einen großen weißen Zettel gibt mit eigenartigen Zeichen darauf. Mit diesem Zettel gehst du einfach zur Küste, niemand braucht dir tragen zu

helfen, denn er ist sehr leicht, und dort bekommst du dafür alles, was du dir wünschen kannst!«
Begeistert nahm Owaza diesen Vorschlag an und bat um einen wegkundigen Führer. Auch die Träger waren froh, ihren ungewohnten Job so bald und unverhofft loszuwerden. Der Häuptling selbst erbot sich als Führer.
Am Nachmittag desselben Tages sah sich die Expedition plötzlich von einer Hundertschaft waffenstarrender Krieger umstellt. »Eine Falle! Du hast mich in eine Falle gelockt!« schrie Owaza wütend und wollte den nah bei ihm stehenden Häuptling mit einem Speerstoß durchbohren.
»Halt!« tönte es da gebieterisch über ihren Köpfen. Es war Tarzan, der König des Dschungels!
Lächelnd ging der Häuptling auf seinen alten Freund zu. »Ich grüße dich! Dein Bote hat mich vor fünf Tagen erreicht, und wie ich sehe, hat meiner dich schneller getroffen als erwartet!« Er wandte sich Owaza zu: »Hier ist der weiße Mann, von dem ich dir erzählte. Allerdings gibt er Zettel nur an solche Leute aus, die ihm kein Diebesgut bringen, und wie ich hörte, ist dieses Gold gar nicht dein Eigentum!«
Owaza starrte ihn wutentbrannt an. »Du hast mich betrogen«, schrie er und zückte seinen Speer.
Tarzan hob warnend die Rechte. Owaza stockte und grinste ihn höhnisch an: »Das ist gar nicht Tarzan! Das ist ein anderer, der ihm sehr ähnlich sieht und vor kurzem erst über das Meer hierhergekommen ist. Ich kenne ihn genau. Er hat das Gold selber gestohlen!«
Tarzan antwortet lächelnd: »Der andere ist der Betrüger, nicht ich. Ich bin Tarzan, der Affenmensch, und danke dir hiermit dafür, daß du mir mein Gold entgegengetragen hast. Wenn du dich beruhigst und mir Ende aller Feindschaft schwörst, lasse ich dich sogar laufen.«
Owaza schien ganz und gar nicht überzeugt; und hätten nicht die Waziris mit ihren Speeren und Pfeilen Tarzans Worte den passenden Nachdruck verliehen, wer weiß, ob er nicht doch die Hand gegen den vermeintlichen Esteban erhoben hätte! So räumte er schließlich zähneknirschend und dann und wann scheele Blicke über die Schulter zurückwerfend, das Feld. Wortlos folgten ihm seine verwirrten Träger.

Tarzan antwortete lächelnd: »Der andere ist der Betrüger, nicht ich. Ich bin Tarzan, der Herr des Dschungels.«

Eine Woche später standen Tarzan, Jane und Korak auf der Veranda ihres Bungalows. Jad-bal-ja lag ausgestreckt zu ihren Füßen und räkelte sich faul in der Sonne.

»Ich werde meine Meinung über das verwunschene Gold von Opar ändern müssen«, sprach Tarzan schmunzelnd. »Diesmal hat man es mir bis fast vor die Haustür gebracht, ohne daß ich mich im geringsten darum hätte bemühen müssen.«

»Aber deine Juwelen werden sich wohl kaum auf die gleiche Weise hier einfinden«, seufzte Jane.

»Die liegen für immer auf dem Grund des Ugogo-Flusses. Und wem nützen sie dort schon?« fragte er etwas versonnen.

»Niemandem«, ergänzte Korak mit einem wehmütigen Blick, während weit weg, im Dorf des Kannibalen Obebe, der Spanier Esteban Miranda in einer dreckstarrenden Hütte lag und über die Eitelkeit alles Irdischen nachdachte, wobei er langsam funkelnde kleine Steine von einer Hand in die andere rollen ließ.